ISAAC LUCAS

Theo Jessup, "Gen"io Adolescente

Contents

Acknowledgement

Reconocimiento

El autor desea agradecer a los siguientes familiares y amigos por su amor y apoyo constante:

Pauline & Tim; Fiona & Alex; Glynne & David; Mama Judy & Papa Kev, Michael & Jill; Kryz, Dave, Eleanor & Louie; Nikki; Chloe; los numerosos escritores profesionales de primer nivel en Twitter que dan los mejores consejos libremente y de todo corazón; Dame Fiona Kidman por su generosidad y asombrosa clase de escritura; los Lyrans en quienes se basa vagamente la apariencia física de Theo; Sedona, AZ para magia de rock rojo, además de Mii Amo Spa y Enchantment Resort en Boynton Canyon - diablos, todo el cañón, en tal caso. El Epílogo es la única ubicación real que he utilizado en este libro; el resto es producto de mi imaginación libre de energía nuclear, incluida la conversación con el centro de cuidado de perros.

Translation: Maria Andrea S.
Diseño de Portada: Angie Stone

Prólogo

Prymus Genetics, 2:22 am

En el quinto piso, el larguirucho adolescente espió la alarma de incendios a mitad del espeluznante y vacío pasillo. Retrocedió unos pasos y se situó frente a esta. Una sonrisa maliciosa cubrió su joven rostro: *¿Por qué no hacer algo de magia creando una distracción?*

Rápidamente buscó en su bolsillo trasero, agarró una llave entre el primer y segundo dedo, y la metió con fuerza en la cubierta protectora de plástico, rompiéndola. Golpeó el interruptor, y luego se alejó corriendo mientras el mensaje de seguridad sonaba por los altavoces en toda la instalación médica privada: "Esto es una emergencia. Por favor, evacúen el edificio, inmediatamente." Repetido reiteradamente por el insistente disparo de la alarma, que invadía la clínica: "Esto es una emergencia. Por favor, evacúen el edificio, inmediatamente."

Dos pisos más abajo, el mismo mensaje sonaba en el centro de datos. El grupo de personal se desconectó y se dirigió hacia el punto de reunión, saliendo del vestíbulo delantero y justo más allá del estacionamiento para clientes. Un gerente de servicio de operaciones realizó un conteo de cabezas, a medida que cada empleado pasó a su lado, luego siguió al equipo hacia fuera, en noche fría, asintiendo en reconocimiento al grupo de personal de la clínica, al pasarles por delante.

En la oficina ejecutiva del Dr. Bradley Hunter, el genetista principal de Prymus levantó la cabeza ante el anuncio automatizado. Normalmente muerto para el mundo después de la Hora de las Brujas, a su cerebro agitándose a un millón de millas por hora, le resultó ser demasiado estresante poder cerrar los ojos durante más de cinco minutos - así que porqué no quedarse trabajando sin descanso. Sin embargo, ser aturdido con "Esto es una emergencia. Por favor, evacúen el edificio, inmediatamente" no es de ayuda.

En el momento en que la alarma sonó, los instintos básicos de Bradley afloraron. "Es *él*," gruñó.

De alguna manera, Hunter *sabía* que su némesis estaba detrás del ataque.

Metió la mano en un cajón del escritorio sin llave, agarró su pistola, balas, y el silenciador. Cargó el tambor y lo cerró. Mientras el mensaje de emergencia se repetía por décima vez, Hunter perdió la calma. Le disparó al altavoz del techo en su oficina, gritando - "cállate, ya" - pero le erró a un blanco fácil.

Sin inmutarse, Bradley se bajó de su silla ejecutiva y se retiró para localizar el origen de la interrupción. Al diablo con encontrarse con los demás en el puesto de control de seguridad como se suponía que debía hacerlo - esto era la guerra - y solo era él, contra ese mocoso adolescente, Theo. Hora de enseñarle a ese sabelotodo una lección de vida que no olvidará.

Sin saber de los buenos pensamientos de Hunter hacia él - aún sabiendo que tenía valiosos minutos para causar el máximo caos, antes de que llegaran los servicios de Primeros Auxilios - Theo abrió un gabinete eléctrico y escaneó los disyuntores con sus ojos color amatista, totalmente adaptados a la tenue iluminación.

Encendió los interruptores rápida y sucesivamente, desconectando algunos de los disyuntores, antes de desecharlos en el suelo alfombrado. "No te necesito. O a ti. O a ti." Las luces parpadearon en los departamentos de todo el centro médico. Se desenchufaron más disyuntores, lo que provocó que los servidores colapsaran, junto con computadoras, impresoras, equipo médico -y misericordiosamente- la voz robótica de evacuación. Un generador de reserva podría activarse, pero podría pasar mucho tiempo antes de que se restableciera el servicio.

Fuera de Prymus, el personal se apiñó mientras el Guardia de Seguridad Nocturna, Moisés, también realizó un recuento de cabezas y lo apuntó en su libreta. Se aseguró de que coincidía con el del gerente de servicios de operaciones, y luego, según el procedimiento de trabajo estándar, envió el recuento por mensaje al móvil de trabajo del CEO de Prymus, junto con el código de incidente. Mejor que viniera de él, a que las autoridades despierten al jefe principal en medio de la noche.

El exterior de cristal espejado de la clínica brillaba con el suave reflejo de la iluminación de la calle. No había señales aparentes de un verdadero incendio, en ninguna parte -al menos, no desde el exterior. No salía humo de ningún lugar que no debiera. Algunos de los empleados chismorreaban sobre la alarma enloqueciéndose otra vez - debe ser, como, ¿la cuarta vez en seis meses? Tal vez el Departamento de Bomberos debería enviar un dron la próxima vez. *Oh, son ellos. No importa. Falsas noticias.*

Las apuestas eran que una araña sobre el sensor fue lo que la disparó - o tal vez, ¿vapor de los vestuarios, como la última vez? ¿Y qué hay de la gotera en las duchas del personal - ya se arregló correctamente o no?

Se tomaron fotos, lo subieron a sus cuentas de las redes

sociales - *hey chicos, ¡ponganse al corriente! Alguien quemó el café, de* nuevo - y siguió quejándose de que esto se usaba como un descanso en el trabajo, y trató de mantenerse caliente en los tres grados de temperatura, con más apuestas sobre quién buscaría refugio primero: ¿hombres o mujeres?

Dos camiones de bomberos entraron en las instalaciones, pasando por los cuidados terrenos y el cartel iluminado que indicaba los diferentes departamentos de Prymus. Estacionaron cerca de la entrada principal, se bajaron, abrieron la puerta enrollable lateral y sacaron unas barretas gigantes, un hacha muy larga, y luego prepararon sus tanques de oxígeno. Mientras conferían con Moisés, un tercer camión se unió al combate, con su escalera sobresaliendo de la parte delantera del vehículo.

Moisés acompañó al jefe de bomberos, Bazza, al panel del sistema de alarma exterior para encontrar la fuente. Lo abrió y alumbró con una linterna el interior, con su multitud de leds, repartidos por todos los sectores, en siete plantas, más el sótano.

Allí, una luz solitaria en el quinto piso, cortesía de Theo.

Bazza (abreviatura de Baryshnikov, porque hacía ballet cuando era joven, y tenía un leve parecido con el famoso ruso) hizo una llamada a su compañero de equipo para reunir a su gente.

Juntos, entraron en las instalaciones, y se dividieron en dos equipos. Baz indicó a uno de sus tripulantes más aptos que lo acompañara por la escalera – ya que el ascensor está fuera de los límites durante un simulacro de incendio - y rápidamente comenzaron la laboriosa tarea de revisar oficinas, cuartos de pacientes, laboratorios, recepción, sala de registros y otros espacios donde alguien puede estar escondiéndose - alguien, que quizás fue el causante de la alerta de incendio.

Theo no se escondía para nada, pero es lo que Hunter creía, y se frustró más con su infructuoso registro de las instalaciones, mientras se cuidaba por evitar confrontar a las autoridades. Que el adolescente pudiera aparentemente hacerse desaparecer tan fácilmente, le destrozó sus ya frágiles nervios.

Se deslizó hacia la Sala de Seguridad y echó un vistazo a la falange de cámaras que graban cada respiración dentro de Prymus. Estaba irritado y al mismo tiempo divertido al ver su propia oficina desde un ángulo alto - *tendrá que hacer algo al respecto, más tarde. No hay tiempo para problemas de privacidad ahora mismo.*

Hunter se retiró de la Sala de Seguridad, y se alejó con una determinación sombría, como el Segador persiguiendo a su nueva víctima. Bazza y su compañero de trabajo desde hace muchos años, Dennis - que llegó tercero en el ascenso del año pasado de la subida de la escalera conmemorativa de la ciudad de Nueva York - recorrió la vía de acceso de hormigón de Prymus, en dos pasos. Tenían la costumbre de jugar carreras en edificios más altos que Prymus en las llamadas - por lo general con el fin de entrenar, no por emergencias reales, siempre que su Comandante de Vigilancia no estuviera allí o estuviese ocupado.

En el aparador entre el cuarto y quinto nivel, se toparon con el doctor Brian Andrews, doblado por la mitad, con las extremidades desparramadas, como un muñeco de tela descartado. El Jefe de Bomberos miró la pálida cara de Brian, con un único rastro de sangre seca en una fosa nasal. Le notó el cuello hinchado y roto, la bata azul cubierta por más sangre, desde el estómago hacia abajo, cubriendo incluso su tarjeta de identificación. En un tono sobrio, Baz le dijo a su compañero que lo reportara y que se mantuviera en guardia hasta que llegaran los policías. "Consigue que Matty venga aquí, luego alcánzame, una vez que las fuerzas armadas estén en el trabajo. Estaré en el nivel 5."

"Entendido, jefe," llega la lacónica respuesta de Den. "Humpty Dumpty tuvo una gran caída o se hizo como un huevo y lo batió." Lo que no es tan insensible cuando has estado haciendo limpieza en los accidentes de conducción por bebidas de la autopista, durante más de quince años.

Su jefe se limitó a asentir con la cabeza, miró por el hueco de la escalera, suspiró, y partió de nuevo, abrazándose a la pared mientras subía.

El baño donde Theo hizo sus necesidades podía competir contra un hotel de cinco estrellas. La combinación de colores ciruela oscura, compensada con cuencos color crema, en bancos de color cuarzo ahumado, y espejos circulares con marcos amarillos, además de grifos elegantes, no estaría fuera de lugar en una revista de moda. Diablos, incluso hay un jarrón de flores frescas, que Theo olfateó cautelosamente, para asegurarse de que no eran de plástico. De hecho, todo es un marcado contraste con la mayor parte del diseño interior soso y básico de la clínica - como si a la empresa a la que contrataron se le hubiese dado permiso para volverse loca solamente en un área.

Abrió el agua fría. Se salpicó la cara. Comprobó su reflejo regordete en el impecable espejo. Sus ojos atormentados le devolvían la mirada. Su piel de alabastro estaba aún más pálida de lo normal, y su suave cabello rubio, torcido. Theo se rió irónicamente, divertido por su aspecto desaliñado- se veía al menos del doble de sus dieciséis años, si no más.

Salió, justo cuando entró Hunter. Conmoción mutua. El médico fue el primero en recuperarse. Golpeó la puerta en la cara de Theo; el muchacho se echó para atrás al instante, pero su enemigo había huido.

Theo lo persiguió, dobló en la esquina al lado de los baños, y dio con un golpe sólido al estómago que lo dejó sin aliento temporalmente. Se enfrentó a Hunter en una ráfaga de puños, pero el doctor lanzó un puñetazo que hizo caer a Theo hacia atrás.

Bradley ahorcó a Theo, quien tomó la pierna del doctor y la torció bruscamente. El hombre más grande cayó, y juntos, rodaron como en un juego de gato y ratón del patio de la escuela, done cada uno ganó, y luego perdió la ventaja. Pero en poco tiempo, el peso más pesado de Hunter y su fuerza superior mantuvieron a Theo atrapado en un punto.

Sus ojos salvajes emanaban odio hacia el adolescente. "Ríndete, Theo."

"Nunca," llegó la respuesta desafiante.

Bradley gruñó y estrelló su cabeza contra el protuberante cráneo de Theo. El chico se desmayó con un suave gemido, como un corredor de maratón quedándose sin aire mientras se desploma por la línea de meta.

1

Libertad

En un lago azul alpino, justo por encima de la línea de nieve de una acogedora cordillera, Theo Jessup se impulsó sin esfuerzo a través del agua helada, llevando únicamente bóxers de seda. Estando solo, no había necesidad de que llevara la cuenta de cuánto nadaba, sin parar. La mayoría de los días, se aseguró de tener una buena rutina de ejercicio de veinte a treinta minutos, solo varió por un cambio de brazada de crol o de pecho a brazada lateral, y aún así realizando una vuelta al final de sus largos, a pesar de no haber una pared contra la cual tocar. En ocasiones, hasta el temido nado mariposa se emprendió, pero no por mucho tiempo, ya que su largo cabello lo frenaba. La brazada de espaldas estaba fuera de discusión, a menos que estuviera de humor flojo.

El único aspecto de estar en su lugar feliz que nunca se alteró – fue cuán roja se tornaba su piel en las temperaturas frías y heladas. "Rojo remolacha," lo llamaba su mamá Rose, aunque era más un rosa corazón.

Mientras que con otras personas, un entrenamiento de inmersión en agua fría como este probablemente causaría problemas circulatorios -lo que llevaría a la congelación, por ejemplo- Theo nunca sufrió tales síntomas. El inconveniente de ser impermeable a todas las formas de frío, significaba que tenía que estar atento a no morir accidentalmente congelado. Los expertos en seguridad de montaña, a menudo hablaban del estado avanzado en víctimas hipotérmicas, por alucinar estar demasiado cálidos - incluso calientes - pero usando solo pantalones cortos y una camiseta, o sujetador y ropa interior. Con una almohada de nieve y una capa de hielo como una cama. La muerte casi siempre le sigue a esto. En este caso, sin embargo, no se aplicó la precaución habitual de tres minutos al ser expuesto a los elementos; tres horas podrían agotarlo antes de que se le acabara el tiempo.

Theo sacudió la cabeza para alejar los pensamientos de super-vivencia, salió del lago y se secó rápidamente con una toalla que traía en su mochila. Miró a su alrededor, notando sus huellas que conducían al borde del lago; el vasto cielo, vacío, con casi ninguna nube, y un silencio eterno. Si había un lugar como el paraíso en la tierra, ¿entonces seguramente este era su cielo azul?

Se reía de su propio cliché tonto, se desnudaba, se sacaba sus bóxers, se ponía un par seco, luego pantalones, camisa, chaqueta de esquí resistente con forro de lana (comprada para complacer a su ansiosa madre), medias gruesas - mitones, gorro y una bufanda- y se amarraba a su taba a su tabla snowboard. Tomó un momento para encontrar su equilibrio, luego se abrió camino a lo largo de la ruta minuciosamente tallada por los repetidos viajes al lago. Y a otros lugares.

La tabla de Theo silbaba suavemente mientras tallaba la fresca capa de nieve nocturna. Serpenteó a través de los árboles, luego se lanzó por un hueco poco profundo que se arqueaba a través de un valle sombreado.

Al igual que con su nado, mantuvo una velocidad constante, lo mejor que pudo. Theo se enorgullecía de mantener el rumbo - cuando a veces, tenía que navegar por parches helados y derivas hasta las rodillas, que requería de un gran nivel de habilidad para no ser la causa de un accidente o un percance embarazoso.

Salió del otro lado, bajo la dura luz del sol, distrayendo a un halcón de su presa, un conejo gris. Giró su tabla de snowboard noventa grados y se detuvo en un segundo.

El raptor se lanzó al cielo, chillando su desaprobación ante la grosera intrusión. El adolescente lanzó una señal de paz hacia el pájaro, antes de mirar al animal herido, hiperventilando. Se sentó en cuclillas, calmando al conejo con susurros tranquil- izadores, y sostuvo sus manos extendidas, justo por encima de la criatura peluda.

Un rayo de energía salió disparado de las palmas de Theo, directo al costado del conejo.

Dejó de respirar por un momento, convulsionó y se quedó inmóvil, antes de levantarse aturdidamente a sus pies, luego re- pentinamente delimitado, nada peor para el desgaste. Aparente- mente, sin darse cuenta que acababa de ser salvado de una muerte segura.

Una vez que el animal estaba a salvo, fuera de la vista, Theo volvió a montar su tabla, se agachó, luego se lanzó a lo largo de la pendiente, cantando a los gritos mientras descendía, lanzando giros, gestos y vueltas para divertirse a sí mismo, mientras zigzagueaba hacia abajo.

Más adelante, el borde de un acantilado. Se giró, apuntando directo hacia el costado, cayó en picada sobre un camino de acceso forestal, unos veinticinco pies más abajo, permitiéndose dar un salto mortal hacia atrás antes de aterrizar limpiamente al otro lado del estrecho sendero privado de un solo sentido. Un puñetazo en el aire, seguido de un grito de alegría, marcaron las actividades de ocio de su tarde.

Al extinguirse el eco, levantó solemnemente la mirada hacia la larga pendiente, se quitó la tabla, la colocó en su lugar sobre su hombro con un cordón de amarre -ajustando su mochila para acomodarla- e inició la tediosa marcha de regreso a casa. *Oh, sin tan solo un viajero se la hiciera fácil,* pensó con una sonrisa *¿o un viaje gratis en una camioneta? Gran posibilidad de eso, en medio de la nada.* Sus botas crujieron a lo largo de la carretera sin asfaltar - paso de por medio, siguiendo el compás de su ritmo cardíaco constante.

La cabaña de cedro de dos dormitorios es el hogar de los Jessups. Construida sobre el pozo de una mina de oro abandonada, es prácticamente autosuficiente - cargada con paneles solares, baterías de pared, un tanque de agua de lluvia, complementado por una perforación de una corriente complaciente, un inodoro de autocompostaje, estufa de leña con calentador de espaldas y un pequeño jardín de vegetales que cubren la mayoría de sus necesidades diarias. Los viajes cortos a la aldea para cualquier tipo de suministros - locales e importados - cubren el resto. A pesar de los eventos climáticos extremos, Theo se crió aquí, con el mínimo de alboroto o molestia.

El porche lateral albergaba esquís y el adorado snowboard de Theo en un marco. El pequeño garaje de enfrente, podría haber estado allí durante diez años o doscientos, tan pintoresco parecía a primera vista. Como si lo pudieras encontrar replicado en una tienda de juguetes o tienda de modelos de ferrocarril.

El humo se acurrucaba perezosamente desde la chimenea en un día raro y sin viento. Tal calma sin aliento, era simplemente un cambio en la dirección del viento desde el predominante sur (del que estaban sabiamente resguardados) hacia el nordeste, que secaba todo y te agrietaba los pies si te olvidabas de hidratarlos con regularidad.

En la sala de estar, Neal Jessup se posó en su reliquia de escritorio, rodeado por una gran caja de aparejos y un montón de señuelos. Medido y lento, con la paciencia infinita que las reparaciones de los equipos de pesca requiere, con delicadeza hizo un doble nudo en otro señuelo, antes de darle una mirada de aprobación una vez más. Luego se inclinó hacia atrás en su silla giratoria, estiró sus brazos y piernas, y tronó sus nudillos, sabiendo que eso molestaba a su dulce esposa, la asustadiza Rose, atendiendo la cenar en la cocina. Ella se estremeció.

"¿Cuántas veces?" ella lo aleccionó, desaprobadoramente. "Hacer tronar los nudillos trae artritis a las articulaciones."

"Como sigo diciendo" - replicó Neal - "no es más que una acumulación de nitrógeno."

"Dile eso al personal de Ortopedia cuando tus dedos ya no se encuentren en el medio, así," respondió Rose mientras hacía señas con las dos manos hacia su obstinado esposo.

Neal se rió. "Cruzaré ese puente cuando llegue a él, *querida*." Con énfasis sarcástico en ese término de cariño demasiado usado.

"Eso es lo que dijiste, la última vez." Ella no está cediendo. "¿Llevas la cuenta?"

Seguro que sí; y ambos lo saben. Esa sonrisa despreocupada muestra tanto. Rose volvió a revisar el guiso burbujeando suavemente en la parte superior de la cocina por vigésima vez. Ya casi está.

Neal masajeó su tenso cuello. Y quiso volver a agradarle con un cumplido: "Ah, los aromas hogareños de la cocina campestre. Estoy hambriento."

"El chile con carne mejora con el tiempo," coincidió.

Un gemido dramático emanó de la habitación más pequeña de arriba. "La Triple C me huele mal. ¿No se puede alimentar al Carnívoro Carnívoro?"

Los padres de Theo intercambiaron miradas cargadas. Rose llenó los platos de la cena con comida.

El niño apareció en la puerta de su habitación – auriculares colgando. "Papá - ¿dónde está esa trucha que me prometiste?" Su padre detuvo el trabajo de reparación en su escritorio. "Esto te ha llevado una semana en arreglar."

"Tres días, pero ¿cuál es la prisa?" Neal le corrige.

"¿No puedes ir ahí abajo y hacerles cosquillas?"

"Hijo, sé que te gustan las temperaturas bajo cero - así que ve por ello."

"Ugh. Moriría de aburrimiento, no de frío." Bajó corriendo las escaleras y se cruzó a la mesa.

"El Hombre del Hielo," Rose bromea.

"No es la lucha libre, mamá."

"Me refería a la obra, niño."

Theo inclinó la cabeza hacia un lado, con los ojos cerrados. "Eugene O'Neill. Debutó en Broadway en el Teatro Martin Beck, el 9 de octubre de 1946. Duró 136 presentaciones."

Sus padres aplaudieron. Theo reverenció en falso y se sentaron en la mesa de paja, construida con vigas de techo sobrantes.

Theo hizo una mueca al ver el estofado. "Juro que cuando me vaya de casa, voy a ser completamente vegetariano."

Se ríen desdeñosamente de su loca declaración. "En ese caso, mañana puedes comprar tu propia comida," le informó Rose.

"Trato."

"Y cocinarla correctamente, también. Sin ofrendas quemadas, esta vez."

"Oye, no quemo mi comida cuando estoy en servicio de esclavo". Neal resopló a modo de burla.

"Eso a menudo..." Theo enmendó dócilmente su historia. Recibido por el duro silencio de sus padres, decididos a reclamar esta ronda como suya.

A Theo se le escapó un gemido. "Ok, ustedes ganan. Pero aún me voy a hacer vegetariano de aquí en adelante." No están convencidos de su sinceridad - las promesas incumplidas pasadas de declaraciones demasiado entusiastas, en su mayoría acabaron con esa noción, pero saben que el chico puede ser obstinado y no cambiar de opinión cuando es algo que realmente le importa. Intenta endulzar el trato. "Lasaña de verduras, y yo también lavo los platos. ¿Sí?"

Rose le da una palmada en la mano. "Asegúrate de seguir la receta correcta, ¿eh?"

Theo se encoge de hombros. "Si no funciona, sólo le daré un nuevo nombre." Sus padres se ríen. "Ni cocina ni programas de supervivencia de la televisión como carrera para mi chico," afirma Neal. "Bear Grylls puede estar tranquilo."

Theo hizo un puchero.

Aunque tiene su licencia de estudiante, para viajes cortos, Theo prefirió utilizar su bicicleta MTB hecha a medida, con sus alforjas delanteras y traseras, para todo tipo de mercancías transportadas a casa. Incluso hay un remolque trasero de bicicleta cubierto, con gancho, escondido en el garaje, principalmente para leña, pequeñas ramas caídas o incluso troncos partidos. O cualquier otra cosa que se pueda apiñar en él, y todavía seguir siendo legal, siempre y cuando nadie está mirando. Lo que era prácticamente todo en su habitación cuando huyeron de la ciudad hacia el campo.

Desde la cabaña, es sobre todo cuesta abajo, y no hay nada que le encante más que cantar el último éxito a todo pulmón, mientras baja hacia el pueblo en la base de la montaña. Excepto por la vez que se le pinchó un neumático, descubriendo demasiado tarde que se olvidó de traer un repuesto con él. Fue un largo viaje de regreso a casa. Sin embargo, se las arregló para dar un paseo ese día. De lo contrario, podría haber abandonado la bici allí mismo. Para ser recogida en algún otro momento.

Entró al estacionamiento de la tienda de conveniencia y estacionó a "Herbie" en un espacio junto a una bicicleta eléctrica con una cesta en la parte delantera. Mentalmente señaló que podría necesitar agregar esa idea a su lista de deseos de Navidad. Las tareas domésticas y algunos trabajos de desarrollo de aplicaciones deberían cubrir aproximadamente la mitad de los gastos para el Día de Acción de Gracias a más tardar - ¿tal vez mamá y papá cubrirían el resto para Navidad?

Aquí no hacía falta poner candado, ni mucho menos; todos conocían a todos. En la mayoría. Además, las cámaras de seguridad graban todas las entradas y salidas de la tienda y del estacionamiento.

Theo agarró una cesta justo en la entrada y -tras respirar hondo para calmarse- buscó los artículos de su lista para la comida, escrita a mano, y comenzó a cargar su cesta. Los comestibles veganos populares llegan a las zonas rurales, pero tal vez una selección más pequeña que a las ciudades y pueblos. O también había un Mercado de Agricultores quincenal. Sea lo que sea, le dará a sus padres algo de lo que sentirse orgullosos

- sí. Agregó su chocolate amargo favorito de Godiva, para el escondite secreto en su habitación. Después de todo, era su dinero, ¿por qué no?

En la fila para la caja, se formó detrás de un caballero de bigote y encanto elegante, aunque actualmente acosando a la operadora con preguntas rápidas, mientras ella sumaba sus artículos y presentaba el recibo.

"¿Y está absolutamente segura de que esta es la ruta correcta al campo de golf Get-away Lakes?" El Dr. Andrews le preguntó una vez más, aún sin creer su respuesta anterior.

La operadora hizo un globo con el chicle. "Lo juro sobre un montón de biblias, señor. Doce millas hacia el oeste en línea recta. No puede fallar."

Bueno, *lo hizo*. "Entonces mi sistema de satélites me está cagando -perdone mi francés." Acercó su tarjeta de crédito a la máquina EFTPOS.

Theo interrumpió. "Sucede todo el tiempo, señor."

Andrews se giró. Theo vació su canasta en la cinta transportadora. La Operadora tomó los comestibles de Theo.

"Lo siento, pero no pude evitar escuchar," Theo ofreció una disculpa. "Con frecuencia, los satélites envían a la gente al extremo equivocado del lago."

El Dr. Andrews todavía no está contento. "Mi precioso día libre, y termino atrapado en Tierra de Nadie." Theo se encogió de hombros en simpatía.

La Operadora le dijo a Brian. "Bueno, señor, ciertamente apreciamos las compras extra cuando la gente pasa por aquí pidiendo instrucciones."

Ella pone en bolsas las compras de Theo. Él paga en efectivo.

Andrews miró fijamente la cara pálida y los ojos morados de Theo. El muchacho de buena naturaleza permitió que el extraño le mirara desconcertado.

"Lo siento, niño," Andrews comenzó. "¿Te importa si te pregunto algo?"

"¿Son mis ojos realmente de este color? Sí, lo son - no son lentes de contacto."

"Oh. Inusual. ¿Puedo tomar una foto, por favor? Me encantaría mostrarlo a mis compañeros de trabajo. Trabajo en medicina."

"Claro, supongo."

Andrews sacó su celular. Theo posó para un primer plano. Se esforzó por parecer natural, pero se sentía realmente incómodo, realmente no disfrutaba de la atención, incluso con una sola cámara.

"Gracias, joven," destacó cortésmente el doctor Andrews, ahora menos molesto por haberse perdido. Tal vez esta fue la razón de su mal dirigido viaje de hoy, a pesar de añadir otros cuarenta y cinco minutos a su agenda, y hacerlo llegar tarde para el brunch con sus colegas de golf.

"No hay problema. Espero que resulte mejor de lo que lo hizo el GPS." Andrews se rió del humor de Theo. El adolescente parecía sabérsela.

Theo guardó sus bienes en las alforjas y pasó delante de Andrews que estaba sentado en su sedán. Saludó mientras pasaba y pronto se fue de la vista en su regreso a subir la montaña, con la esperanza de que el clima despejado se mantuviera, porque hacer todo ese camino cuesta arriba, en medio de una ráfaga de nieve no era su idea de diversión, independientemente de su pasión por las condiciones frías.

Aún procesando el encuentro con el chico de aspecto extraño, Andrews le escribió al Dr. Hunter: *mira a este tipo.*

Las notificaciones del adicto al trabajo de Hunter sonaron.

Leyó el texto de Brian, abrió la imagen adjunta, luego se desplazó con el dedo para ampliar la imagen de Theo. Amplió la imagen en su cara de aspecto nórdico, y profundos iris púrpura. Desconcertado por la imagen. Algo aquí parecía tener algo familiar, pero no podía descifrar qué.

Apretó sus dientes. La ciencia ha demostrado que hay una explicación para todo; una solución matemática, alguna ecuación resuelta muchas veces con la respuesta equivocada antes de descubrir la correcta - pero maldita sea, pistas esquivas como esta realmente lo hacían enojar.

Se sentó en su silla de cuero por un momento. Escarbó en sus bancos de memorias, la concentración frenética quemando un agujero en las células cerebrales de Hunter. *Estoy seguro - espera. No había...* Sus dedos se movieron rápidamente por el teclado de su estación de trabajo, mientras el genetista buscaba entre miles de clientes en la base de datos de la clínica, tanto actuales como pasados. *Vamos, cariño, no me defraudes. Sé que estás aquí.*

Surgió un resultado singular: Theo de bebé, en los brazos de Rose, mirando a la cámara. La etiqueta del sujeto indicaba THEO JAMES JESSUP, número de cliente y fecha de nacimiento.

Hunter se inclinó hacia adelante. Hizo zoom, hasta que los ojos de amatista de Theo de pequeño, son todo lo que vio.

"Maldita sea," murmuró. Lentamente se inclinó hacia atrás, perplejo por la viva imagen que llenaba su pantalla. Y así como así, el Universo conspiró para llamar su atención sobre esto, como el momento 'a-ha' en una gran historia de misterio, cuando finalmente se reveló quién lo hizo. Cursi, Bradley piensa para sí mismo. Pero *indiscutible*.

Una sonrisa aceitosa se extendió lentamente por su boca.

2

Comienzo

Una consola de diagnóstico LCD montada en la pared muestra un sonograma difuso en blanco y negro de Theo a las veinte semanas de edad. El público del feto nonato en la sala de conferencias de Prymus Genetics, está formado por el novato Dr. Hunter; la doctora Margarita Albright, socia principal; el profesor Emérito Dr. Crane, el fundador de la clínica, un hombre maduro con un peculiar gusto por los moños coloridos - y sus clientes, Rose y Neal Jessup, acurrucados juntos frente al pulido escritorio, al otro lado de los médicos de Prymus.

El Dr. Crane hace clic en su controlador de bolsillo y la diapositiva hace zoom en el feto. Mueve un puntero de láser rojo en la imagen aumentada. "Aquí, notamos que el intervalo entre el ángulo esfenoidal, el hueso temporal y la gran ala del esfenoide no se reduce sino que mantiene una línea uniforme al proceso cigomático."

Neal, confundido, pregunta: "¿Puede traducir, por favor?"

El Dr. Crane mira las vigas de techo de mediados de siglo, y el ventilador solitario golpeando el aire en círculos rítmicos. Todos han estado en conferencia estas últimas dos horas. Un descanso podría venir bien.

Él sonríe. En su melódica y constante cadencia, explica: "Nosotros creemos que estamos viendo un marcador para la adaptación genética." Sin respuesta por parte de la desconcertada pareja. "Hay más pruebas por confirmar, así que no es concluyente, pero..."

Rose se levanta. "¿Pero...?" Su preocupación alarmista eleva su voz una octava.

El Dr. Crane se pone de pie con ella. "Theo podría ser un ser único, señora Jessup - uno que puede indicar un cambio evolutivo bastante profundo en nuestra especie. Es totalmente posible que él pudiera ser un precursor."

"¿Un precursor de qué?" Dice Neal.

La Dra. Albright lanza una pequeña bomba sobre los Jessus con su granito de arena. "Una raza avanzada de homo sapiens."

Naturalmente, esta noticia cae como una taza de vómito. Rose cubre su escepticismo con sarcasmo: "¿Entonces nada fuera de lo común? No hay defectos de los que hablar - solo un bebé robot, ¿es eso lo que estás diciendo?"

Su agudo arrebato pone al personal clínico a la defensiva. Los médicos intercambian miradas furtivas; el Dr. Hunter lamentándose de la cortés evasiva; Margarita imperturbable, pero cautelosa de no molestar aún más a sus clientes; y Crane, reflexionando sobre la mejor manera de traer a los Jessups de su lado.

Una vez más, interviene para extender la paz por toda la tierra - o al menos, en la reunión de la clínica. "Sra. Jessup, puedo asegurarte que estás en las manos más capaces en el negocio de la investigación médica genética. Prymus fue fundada para asuntos como estos."

"Te refieres a la cría de bebés," es la amarga respuesta de Rose.

Ella protege su estómago sobresaliente con ambas manos. Neal posa su mano sobre sus dedos agitados. Con la esperanza de calmar a Rose y hacerla entrar en razón.

"Cariño, estoy seguro de que eso no es lo que el profesor quiso decir."

"Este es nuestro hijo del que estamos hablando. Vive y respira."

"Bueno, un feto por ahora, pero…"

"— pero parte de mi ser. Mi alma. *Nuestras* almas entrelazadas. Por la eternidad."

El Dr. Hunter cambia de rumbo. Decide apelar a su carácter benéfico: "Sra. Jessup - su hijo está en el borde de la vanguardia de nuestra capacidad para evolucionar hacia el máximo potencial como especie. Respaldado por la ciencia, todo el camino. Imaginen ser una parte importante de un descubrimiento como este. Su legado está casi garantizado."

"Él no está en venta," dice Rose.

Hunter está en gran desacuerdo con su vehemente negativa a ser de servicio a la ciencia, pero hace todo lo posible para ocultar sus sentimientos. Por ahora.

El ventilador tiembla a lejos, masticando la tensión, las malas sensaciones y el aire sofocado, sobre-procesado, a pesar del uso de filtros de alta calidad HEPA.

3

Emboscada

A solo cuarenta millas del centro de la ciudad en dirección noreste, el paisaje es tan diferente, que bien podrían ser cuatrocientas millas de distancia. Curiosamente, no es una cosecha o lechería rural estándar de pantano, de horticultura, ganadería u otros ingresos estereotipados en estas áreas - en cambio, se trata de un entorno arbolado, con una mezcla de nativos e importaciones, que se cultivan en viveros, se alimentan hasta su completo desarrollo, luego se talan selectivamente para la construcción de cabañas de troncos, casas pequeñas y rarezas únicas, sujeto al capricho del cliente. Gran parte de esto es propiedad en asociación privada con los Primeros Nativos, que trabajaron con sus métodos ancestrales, en correspondencia con Parks & Rec, botánicos, y arboricultores calificados, además de otros consultores, para maximizar la plantación correcta en la ubicación correcta. Que es lo que algunos dicen que es una hierba - la planta correcta, en el lugar equivocado.

Siguiendo un camino sin asfaltar, entre Aspens, Cedros occidentales, jóvenes Secuoyas, Aussie Jarrah, Rose Gum, Myrtle Beech y Ironbark se forman en filas a través de las colinas y valles. Y ubicados en propiedades bien protegidas de 3 - 5 acres, están estas mismas casas y cabañas - dispersas como piezas en un tablero de Monopoly, aparentemente sin rima ni razón. Hay suministro de energía, pero la mayoría están casi totalmente fuera de la red, con fácil acceso al agua. Lo que significa que la humedad es un problema seis meses del año, a veces más.

Es en una de estas casas, que el ex veterinario de combate Russell Sharp - más conocido como Rusty - reside. Las ventanas están cubiertas con madera, y una fina apertura en cada una, deja ver un poco del interior. A pesar de ser una gloriosa caja de zapatos, el único lujo visible, es un Jeep de dos plazas, un remanente de la guerra de Vietnam, pero irreconocible en su encarnación actual. Un toque de amarillo canario en la puerta del conductor sugiere que una vez adornó un Jeep de este tipo. Ciertamente, el mejorado auto no se parece en nada a su diseño original.

El porche mira al sol, un pluviómetro adosado a la cochera suele desbordarse; el techo y las canaletas necesitan ser barridos regularmente con una escoba, gracias a los desechos de los árboles que rodean la propiedad - muchos de los cuales, tienen pinches u hojas pegajosas. Además de los inevitables roedores muertos. Que una vez incluyó un mapache.

Sin embargo, a pesar del aspecto ecléctico, a ninguno de los vecinos les importa lo que está al lado - esta comunidad está manejada bajo una filosofía de 'vivir y dejar vivir'. Naturalmente, eso lo convierte en algo así como un imán para los habitantes de la conspiración que carecen del dinero líquido para soportar agujeros gigantes en el suelo y vivir sus días en una anticipación nerviosa -si no, paranoica- de un Armagedón inexistente.

En el interior, una bandera de Estrellas y Rayas cuelga de una pared - decoración total para toda la casa. El piso es de una madera gris profunda que podría soportar el peso de un tanque sin agrietarse. La pequeña cocina tiene un estilo de los años 50, nevera a gas, en color rojo cereza, hornallas de sobremesa, y grifos individuales de agua fría y caliente. Las estanterías también son funcionales y sencillas.

En una esquina, hay una cama baja. Al lado, la mesita de noche tiene una lámpara, una lata de cerveza vacía y un despertador anticuado que se rompió hace mucho tiempo. En el centro de esta habitación, Rusty se desplaza en su silla de ruedas personalizada, con cuidado de no golpear su bandeja con piezas de una pistola ACP .45, mientras alivia un ligero calambre en sus piernas, luego regresa a la diligente limpieza, con cuidado y habilidad bien practicada. Reensambla cada componente a medida que trabaja, con dedos ágiles, y a la vez gordos.

En el Servicio Armado, literalmente podía hacer esto con los ojos vendados, o en la oscuridad del campo. Hoy, sin embargo, su cáncer en etapa cuatro, y una vía en el brazo, significa tomarse su tiempo. La prisa genera desperdicio, su comandante insistía interminablemente a los soldados - y eso es meramente uno de los muchos comandos grabados para siempre en su cerebro y recordados a voluntad. Incluso cuando no se requieren.

A sus pies, su fiel compañero, un Pastor Alemán, se retuerce en su sueño, y sus patas se mueven en los movimientos de perseguir a algunas presas imaginarias, lo que causa una sonrisa en las facciones de Rusty. El perro le recuerda que en ocasiones, cuando está en las profundidades de la desesperación, desea la libertad en un campo de sueños como en el que su amigo canino entra fácilmente – no hay terrores nocturnos de TEPT en la realidad de *esa* criatura, Rusty reflexiona. Por otro lado, sus opioides pueden hacer que todo tipo de cosas cobren vida - incluido un cuenco de porcelana blanca que se desprendió de la pared y marchó frente a su cama una vez cuando las enfermeras le dieron por error la dosis equivocada en el hospital. Fue uno de los varios incidentes que originaron su desconfianza hacia la profesión médica.

Como consciente de los pensamientos de su dueño, la cola del perro golpea el suelo algunas veces, como un latido feliz.

A su derecha, el nuevo guardaespaldas de Rusty, Parker, juega con una gran pluma estilográfica. Descubre que la palanca de la tapa se dobla hacia adelante y hacia atrás y se asombra cuando un dardo se dispara y pica el suelo, más rápido que las espinas de un puercoespín.

"¿Tu mamá nunca te dice que no toques cosas que no son tuyas?" Rusty lo regaña. A pesar de la jerga, no es del sur. Se ha de haber visto demasiados programas de televisión.

"Lo siento, no tenía ni idea de que te gustasen las cosas de Bond," musita Parker.

"No tenía idea de que enviarían a Johnny English a usar una escopeta por mí," bromea Rusty. Resulta contraproducente cuando Parker responde: "¿Quién?"

Escuchando llegar un vehículo y apagar el motor, el perro guardián se levanta. Gruñe en dirección a la puerta. Rusty lo calla, acercándose para calmar los pelos que se ponen de punta en la parte posterior del cuello del pastor alemán.

Parker mueve el dardo del bolígrafo, pero está apretado. Tira fuerte con ambas manos. Sin éxito. *Qué extraño.* "¿Qué clase?... raro esto..." dice en sincronía con sus esfuerzos por liberarlo del piso, "¿imposible de levantar?"

Rusty suspira. Se acerca al capuchón inclinado y extiende su mano. Parker le alcanza la pluma.

Duele inclinarse así pero Rusty pone cara de valiente. Vuelve a conectar el capuchón con la pluma, lo gira de la forma correcta. El pico se retrae.

Rueda hacia su catre, su soporte móvil se mueve fielmente al lado. Él guarda el arma. Parker tiene los medios para verse adecuadamente castigado.

Un golpe en la puerta les alerta de un visitante. Parker saca su pistola. Mira a Rusty esperando instrucciones. "Si es por caridad, patéale el trasero. Ya he tenido tres este mes," aconseja en voz baja Rusty.

"Lo haré." Parker ve por el agujero de la puerta.

Abre la puerta para dejar entrar al doctor Hunter, quien lo evita deliberadamente, marchando directo hacia Rusty.

El perro se acopla suavemente, infeliz por la intrusión interrumpiendo su sueño alegre.

La última vez, intentó montar la pierna de Hunter, Rusty observa silenciosamente, preguntándose si su perro guardián tenía algún indicio sobre la personalidad del médico, que su comportamiento parecía pasar por alto. La mayoría de la gente sabía de la habilidad del Reino Animal para ver y sentir cosas a las que la humanidad cerró los ojos y los oídos, pero aun así, Russell no llegó a donde estaba hoy creyendo en cuentos de hadas - *ugh, estúpido cerebro con sus pensamientos sin sentido, otra vez. Al diablo.*

"Buenas noticias," anuncia Hunter, demasiado alegre.

"¿Encontraste una cura? Yippee-skippee."

Hunter ignora la broma. Señala la bolsa de goteo medio vacía. "¿Cómo va este lote?"

"Tu conejillo de indias sigue muriendo."

"Los voluntarios humanos son un componente esencial para cualquier ensayo clínico. Tienes mi sincera gratitud," le consuela con elegancia Hunter.

"Basta de tonterías. Ambos sabemos que esto es fuera del registro. ¿Qué quieres?"

"Cálmate, Gatillo. Sabes que todo esto lleva tiempo."

"Y me *encanta* ser tu rata de laboratorio, corriendo por ahí en una rueda chillona."

"Por eso tengo una propuesta para ti. Incluso podría comprarte más tiempo."

"Siempre y cuando suceda antes de que esté tieso con una etiqueta en el dedo del pie." Rusty termina de juntar el .45 y lo apunta a la cabeza de Hunter. "Habla, idiota."

"Tómalo con calma, hombre. No estoy tras de ti. Estoy tratando de salvarte."

"Ya escuché esa antes. 'A veces Dios piensa que también es médico.'"

"Estoy haciendo lo mejor que puedo. Todos lo estamos."

Rusty piensa esto. Escupe. Hace señas con su arma a Bradley para que continúe.

"Acabo de enterarme de que podemos dar con el paradero de una familia, un caso único que perdimos de vista hace unos quince años."

"¿Único en qué sentido?"

"El feto masculino estaba genéticamente avanzado. Creemos que su ADN podría albergar una cura para el cáncer. ¿Adivina quién va a tener las patentes? Cha-ching, amigo mío."

"Entonces, ¿dónde está este chico maravilla tuyo?"

"Ahí es donde entras tú."

En la carretera de acceso forestal, un AWD tipo Marauder

retumba por la larga pendiente, los gases de escape saliendo a borbotones por ambos caños.

Dentro de la retaguardia, tres guerrilleros en trajes camuflados, listos para la batalla, mientras un cuarto guerrillero sostiene un ariete. Revisan y vuelven a revisar sus equipos, mientras el líder formula un plan de ataque.

Por delante, Rusty está en su elemento detrás del volante. Su sabueso aburrido se acurruca como una pelota en el asiento del pasajero, poco impresionado con lo que sucede a su alrededor.

Por encima, un helicóptero de ataque AH-6 oscurecido se inclina hacia adelante y sigue a la bestia del infierno, corriendo por el camino empinado.

Theo se sienta con las piernas cruzadas en el asiento de la ventana de la cabina. Sacude el móvil, pero la señal es demasiado débil. Frustrado, se dirige hacia la puerta, la abre y estira su teléfono en lo alto.

Lo atraviesa con una mirada maligna, como si eso lo obligara a encontrar una señal más fuerte.

Un zumbido lejano llega con el viento. Los copos de nieve se arremolinan dentro.

Neal grita: "La puerta, Theo. No vivimos en un granero."

"Espera un segundo, papá. Sólo estoy descargando mi próxima tarea."

Un motor rompe con su intensa concentración. Mira en la dirección del sonido. Luego, el golpe de las palas del helicóptero resuena más cerca.

Theo se da la vuelta para ver las caras alarmadas de sus padres: *Ellos también lo han oído.*

"Han llegado…" Neal afirma de manera muy concreta.

Rose está en negación. "Podría ser un rescate de montaña."

Theo agita la cabeza. "Paso de motor equivocado."

"Dejemos pistas." Neal da instrucciones. Pero ni Rose ni Theo se mueven. "¡Ahora!" ruge a la familia.

Esto los impulsa a la acción. El muchacho cierra la puerta con un perno, mientras Rose le arroja una chaqueta de nieve, y él se mete en ella, la cierra completamente; agarra su sombrero de lana y guantes. Neal saca una mochila abultada de debajo de una trampilla en el salón. Cubre apresuradamente la cueva secreta con una pequeña alfombra.

En el exterior, la cámara de a bordo del helicóptero ve la carretera forestal que hay debajo. Rusty lleva al Marauder a través de la nieve acumulada. Una malvada sonrisa divide sus rasgos escarpados, el olor de su presa, cada vez más cerca.

Theo abrocha el cinturón acolchado de su mochila. Lo ajusta. Rose le entrega un cinturón de dinero, con $3.000 en efectivo, y una tarjeta de débito. Se lo engancha a la cintura. El *rugido* del enemigo que se acerca, asfixia a Theo. Entra en pánico. Se desabrocha la mochila.

"Mamá, no puedo hacer esto."

"Theo, hemos repasado esto muchas veces," le recuerda.

"Lo sé. Pero eso fue sólo para la práctica. No estoy listo. No estoy en control."

Neal apoya sus manos tranquilizadoras sobre los hombros de Theo. "Lo sé, hijo. Pero es hora de que extiendas tus alas y vueles del nido."

La voz de Theo se rompe. "No me quiero ir. ¿Qué será de ustedes dos?"

"Estaremos bien, Theo. No te preocupes por nosotros. Este es tu momento de brillar."

"Mamá - las tonterías no me hacen sentir mejor."

Rose anula el dolor de Theo y su propio miedo creciente.

"Mantente con vida a toda costa. Sal de la ciudad. Luego, cuando sea seguro, ve con Dr. Albright. Ella es tu llave para Prymus."

Los ojos del niño se abren de par en par. "Pero nunca he estado en lugares con más de unas decenas de personas."

"Estarás bien, niño. Lo prometo."

Neal abraza ferozmente a Theo. Se despega y mira a Rose con una finalidad compasiva, aunque innegociable. "Ven, madre." Se aparta. Extiende una mano para que ella la agarre.

Los dedos de Rose trazan la dulce cara de su hijo, mientras las lágrimas fluyen, sin control. Ella anhela aferrarse a su bebé para siempre, sabiendo en el fondo que nunca lo volverá a ver. "Haznos sentir orgullosos, Theo. Te queremos."

"Haré lo mejor posible, pero sin presión."

"¡Ahora vete!" Neal lanza su mando final.

Theo se marcha antes de que sus piernas temblorosas cedan.

Sus padres aseguran apresuradamente la puerta lateral detrás de él.

El copiloto ve el techo de la cabina de troncos, a la derecha de los patines. Envía por radio las coordinadas a Rusty, y los guerrilleros se alistan para saltar, tan pronto como la bestia llega al borde de la cabina.

Todo el personal sale, salvo Rusty, que mantiene un ojo de águila en la misión a medida que se desarrolla.

El Primer Soldado se agacha en modo de combate. Analiza el terreno. Se mueve más cerca de la cabina. El Segundo Soldado se mueve alrededor de la parte trasera, mientras el Tercer Soldado salta hacia fuera. El Cuarto Soldado se desliza hacia el porche. El snowboard de Theo se ha ido, pero sin haber sabido que incluso estaba ahí, no se le ocurre revisar si hay señales indicadoras en la nieve.

El helicóptero sobrevuela lentamente. Los pilotos miran hacia abajo mientras los hombres terminan de tomar posición alrededor de la propiedad de Jessup.

El Primer Soldado presiona su micrófono de garganta: "Los tenemos, señor. Jaque mate."

El micrófono de Rusty cruje: "Entendido. Recuerda, solo queremos al chico. Sin errores."

"Sólo el chico. Lo tengo."

El Primero apunta a su equipo, dirigiéndoles para que se acerquen rápidamente. El tercer hombre sigue vigilando más atrás, mientras sus compatriotas aprietan la soga.

El Primero gira la manija de la puerta delantera. Está cerrada con llave. Mentalmente, se habría sorprendido si se hubieran olvidado de cerrarla, pero nunca se sabe. La entrada no forzada es preferible a cualquier otro método, aunque dudaba que destrabar la cerradura fuera la mejor manera de entrar, en este caso.

Hace gestos con urgencia para que sus compañeros den un paso al frente. El Cuarto Soldado se presiona contra la pared de la cabina. El equipo saca sus máscaras de gas portátiles y el Segundo al Mando tira del seguro de una lata. Rompe un panel en la ventana mientras la arroja hacia el interior. Rueda por el suelo, el gas saliendo hacia fuera. Niebla el interior. Quitan los pestillos de seguridad de las armas. Dedos en los gatillos, tensos y listos. Se dirigen hacia la puerta principal y las ventanas, mientras que el veneno llena la cabina con su gas.

Esperando… esperando a que los Jessups salgan de la cabina, tosiendo y con arcadas. Pero no hay ni un mínimo movimiento adentro. No hay señales de vida.

El Primer Soldado asiente a su especialista de entrada. El

Cuarto golpea su ariete contra la puerta principal.

Thunk. Otro golpe. *Crump.* Las esquirlas vuelan, la puerta se desabrocha de sus bisagras. Se precipitan al interior, se agachan y realizan una rápida búsqueda de las instalaciones vacías. Está vacía. Se vuelven a reunir en la sala.

La pregunta asoma: *¿Es este el lugar correcto?*

Más gestos silenciosos del Primer Soldado para mirar detenidamente esta vez.

Se desplazan de una manera casi cómica, agazapados, como cangrejos, sin dejar nada al azar. Respaldándose unos a otros, mirando hacia el piso de arriba, el dormitorio de Neal y Rose, el baño, luego la cocina abierta y, por último, la sala, una vez más.

El Cuarto Soldado pasa por la pequeña alfombra. Su bota atrapa los bucles de la alfombra hecha a mano y la arrastra. Instantáneamente, se congela, con un pie equilibrado en el aire, y se vuelve hacia atrás para ver la trampilla previamente cubierta. Espía el anillo, en el punto medio, captando la luz.

Chasquea sus dedos para alertar a los demás. La señala.

Se acercan caminando agachados; con las armas inclinadas hacia abajo.

El Primer Soldado agarra el anillo con un dedo cubierto por un guante. Hace mímica de una cuenta regresiva de tres segundos con su otra mano.

El Primer Soldado pronuncia en silencio: "Tres, dos, uno…" y la abre.

El equipo se inclina, las armas alzadas.

4

Prymus

Arrepentimiento instantáneo, cuando un cable trampa activa un LED de verde a rojo, y a una fracción de segundo de presenciar la carnicería inminente, el Cuatro Soldado se da cuenta instantáneamente, retrocede como un loco, alejándose del infierno, chocando contra otros dos guerrilleros mientras todos buscan salir de la cabina.

En el caos subsiguiente, la explosión sacude la cabina. Las ventanas se rompen en fragmentos de vidrio y marcos, mientras la puerta principal se desliza por el porche y una bola de fuego sale por la chimenea, causando que el helicóptero se aleje en acción evasiva, mientras que los escombros llueven alrededor del AWD de Rusty.

El desventurado Tercer Soldado sale en estampida, con su espalda en llamas - demasiado impactado para vocalizar su terror - pero con años de entrenamiento, tiene el instinto de *rodar-rodar-rodar* en la nieve para extinguir las llamas. Lástima que acaba boca abajo, con demasiado dolor para moverse.

Se acabó en poco tiempo, pero no antes de que Rusty presencie una parte de un cuerpo golpeando contra el parabrisas, espantándolo. Las imágenes de una emboscada en Oriente Medio, donde los insurgentes locales habían emboscado a su equipo, chocan con la carnicería que se despliega ante él -por lo que rápidamente saca sus pastillas calmantes -forzándolas por su garganta sin tomar agua- y luego se hunde en el asiento del conductor mientras se da cuenta de lo que acaba de suceder.

Un millón de preguntas invaden su mente, mientras intenta averiguar cómo pudo haberse evitado el desastre. ¿Cómo explicará las cosas a su jefe?

"Crimen," es todo lo que puede articular.

Su fiel perro observa la mirada aterrorizada en su rostro. Conociendo los signos de trastorno de estrés postraumático, comienza a aullar con miedo abyecto y temblando como una hoja.

Más abajo en la carretera de acceso forestal, cerca de donde había mostrado su salto de snowboard a una audiencia de árboles, Theo lanza una carga del tamaño de un puño lo más alto posible de la colina, luego lanza una segunda, a cierta distancia de la primera. Saca un pequeño control remoto, extiende la antena completamente y presiona el botón de detonación.

El estallido desencadena una pequeña avalancha, que corre rápidamente hacia abajo, retumba por el costado, creando un buen vertedero de nieve que bloquea la carretera de acceso forestal. Eufórico, levanta el puño. "Eso mantendrá a los idiotas lejos de mí," observa alegremente, pero escucha con cautela el sonido del tráfico aéreo, en caso de que su esfuerzo atraiga a los 'mirones' ilegales, del AH-6, lo que lo convertiría en un objetivo, una vez más.

Silencio.

Theo coloca el control remoto en el bolsillo de la chaqueta. Se pone la mochila en su espalda. Monta su tabla, y con precaución se dirige hacia fuera, escaneando el paisaje para buscar dónde pasar la noche. Una cueva de nieve es la mejor opción, aunque lleva mucho tiempo construirla correctamente. Necesita encontrar algún lugar donde la nieve sea más compacta, menos propensa a aflojarse durante la noche. El sueño, no le llegará fácilmente, esta noche.

En su oficina, Hunter reproduce las imágenes de la explosión de la cabina en su ordenador. Hace una mueca en la escena de la cámara, donde la parte del cuerpo de uno de sus hombres golpea el parabrisas.

Algo no le cierra, de la misma manera que no le cuadraba a su secuaz: *¿por qué no hay señal de los Jessups?* Mira atentamente su pantalla. Buscando pistas en vano. Rebobina, presiona reproducir de nuevo. Casi tiene la nariz en la pantalla de su PC, ansioso por ver incluso la más pequeña pista revelando su presencia - *quiero decir, Dios - ¿estaban realmente allí, no fue el lugar equivocado o un residente fantasma?* Se sacude. No es propio de él tener la dirección equivocada.

La luz de llamada parpadea. Bradley detiene la grabación. Selecciona la opción de cámara en su pantalla. La corpulenta cara de Rusty está cerca, haciendo que Hunter se haga hacia atrás.

"¿Vas a explorar las consecuencias?" Anula la culpa de Rusty por fallar en el secuestro.

"Negativo."

"Hay que recuperar los cuerpos."

"Daños colaterales. Murieron cumpliendo con su deber. Déjalos a los animales."

Rusty resopla. "Oh, entiendo. Cubre tu propio trasero. ¿Eso

también se aplica a mí?"

"El tiempo lo dirá, Rust Bucket."

"Maldita sea. 'Vive peligrosamente.' Ese es mi lema: ¿cuál es el tuyo – carpe diéjalos?" Hay un estruendo de risa del hombre, que desciende en una tos raspada.

Hunter se mueve torpemente en su silla italiana. Dice: "Escucha, cariño, ¿estás llamando por una verdadera razón o para salir conmigo?"

Una sonrisa de cocodrilo se extiende por las papadas de Rusty. "Te olvidaste de algo, amigo. Los pilotos del helicóptero."

Hunter se tensa. "¿Me estás amenazando? Eso es increíble viniendo de un veterano de combate que está ordeñando el sistema por todo lo que vale."

"Oye, mírate al espejo." Rusty sabiamente mantiene ese pensamiento, privado. En cambio, dice: "Llámalo renegociación de contrato, amigo mío. Piensa en ello como una cláusula de salida antes de mi salida."

"Esta es la calle de los civiles, no de los militares," vocifera Hunter. "Pero ya que eres demasiado imbécil para hacer esto bien, considérate despedido. Encontraré al chico, yo mismo."

Le cuelga a Rusty, luego elimina la videollamada con un programa de eliminación segura. No contento con eso, Hunter pone demasiado desinfectante en sus manos rechonchonas, las frota hasta ponerse rojas, mientras frota furiosamente todas las manchas imaginadas, mientras canta el feliz cumpleaños dos veces más, en un tono de voz gutural.

Algo sobre el tono desagradable de Rusty sigue molestándolo, por lo que Hunter rocía una solución higiénica sobre un paño y limpia a fondo la pantalla del PC y el teclado, sin atreverse a parar hasta que destella como nuevo.

"Soy tu dueño, Rust Bucket – de ti, los hombres, los malditos pilotos, el estúpido Parker – de todo. No se te olvide *nunca*," se ríe Hunter.

La última cita de la Dra. Albright para el día en la sala de la Clínica Médica, es su visitante habitual, el eufemísticamente llamado 'mascota del profesor', también conocido como Jerry Zimmerman, quien tiene diecisiete años y se asustó por una buena razón.

"Si es positivo, soy un hombre muerto. Mi padre me castigará de por vida," dice, amargado. "Sus padres ni siquiera saben que estábamos…"

"¿Enamorados?" dice Margarita.

Se ríe nervioso, avergonzado por su evaluación precisa. "Bueno, señora, prefiero el término 'saliendo', pero su versión es mejor. Es más comprensiva."

"Que, naturalmente, es como esperas que sea el jurado si se sabe que ambos son menores, ella está embarazada y tú eres el papá. ¿Verdad?" responde.

"Mis padres no se detendrán en matarme, eso es seguro. Tampoco los suyos." Jerry mira fijamente al suelo, mientras lucha con su conciencia.

Se sobresalta cuando Margaret se acerca y toca su rodilla para consolarlo. "No eres el primer hombre caliente que piensa con su pequeño cerebro en lugar del grande."

"Pero… ¿estoy bien?"

Ella se pone a su nivel, manteniendo su mirada centrada en sus ojos errantes. "No, no lo estás." Jerry se desmorona. "Sin embargo, su prueba dio negativo, si es que eso ayuda."

Él está confundido. "Queeeee…" es su mejor respuesta.

"Está usted liberado, señor Zimmerman."

Un gran alivio se apodera de él. "¡Hijo de Perra!" Dice y

aplaude sus manos con deleite. "Gracias, Jesús."

"Él siempre recibe el crédito," dice irónicamente, pero con calidez en la voz.

"Entonces, ¿qué era ese punto en mi pierna?"

"Pomada de botas."

"De ninguna manera. ¿En serio?"

"Sí, de verdad. Así que, ánimo, chico. Y la próxima vez que quieras mojar tu mecha, usa esto. No se necesita un manual." Ella le lanza un paquete pequeño y sencillo. Jerry frunce el ceño. "Es protección. Para los dos."

"Oh. Correcto."

Él mira con cautela dentro de la caja blanca. Amanece la conciencia. Se sonroja. "Gracias, doc. Te debo mucho. Me aseguraré de que te cuiden."

Se para y envuelve de forma poco característica a Albright en un abrazo gigante.

"Solo hago mi trabajo."

"Sí, señora. Ah te aseguro que lo aprecio."

Corre hacia atrás su pelo largo, se pone su sombrero y se prepara para dirigirse hacia la puerta.

"Por cierto, Jesse James - a las chicas realmente les gusta cuando te bañas, a diario. Esa pomada tenía una semana."

"Cierto, eso." La arrogancia de Jerry regresa mientras sale de la sala de exámenes.

La puerta de la recepción, llamada "Solo Personal", está cerrada con cinta de seguridad, conos naranjas y una escalera salpicada de pintura. Los comerciantes debían haber completado esta última renovación y firmarla hace un mes, pero como suele ocurrir, el que paga primero la factura, consigue que se haga un trabajo prioritario, cuanto antes.

La Dra. Albright escribe sus iniciales en la factura de Jerry. Se lo entrega a la recepcionista, que pone el sello con la fecha y registra la entrada.

Jerry saluda a Margarita, luego se marcha, aliviado de salir de una potencial sentencia de muerte de su papá, con la cabeza aún intacta.

Brian ha estado observando con atención su interacción. Se acerca a Margaret. "Ese es un hipocondríaco total."

Ella lo calla. "En realidad no. Esta vez, solo un joven asustado se preocupó de que estuviera fuera de su alcance."

La recepcionista le devuelve el archivo de Jerry a Margarita. "De ahí los guantes de niño. Eres todo corazón."

"Para un nuevo laboratorio de investigación en seis meses, vale la pena. Le sacaré la alfombra roja a Jerry cada vez que estornude y necesite una píldora para la fiebre del heno." Ladea su cabeza. "¿Algo que necesite, Dr. Andrews?"

"Sí, ¿tienes un minuto?"

Ella evita poner los ojos en blanco - sus peticiones de 'tienes un minuto' a menudo terminan siendo largas discusiones. Hace gestos para que la siga por el pasillo de la clínica hasta la sala de registros temporal. "Estoy ocupada. Camina y habla."

Las luces de techo parpadean automáticamente a medida que se encienden. La mitad del pasillo de azulejos brillantes se ha completado, pero el resto es de hormigón desnudo, con un rollo de base que proporciona apoyo temporal para el calzado delicado.

Brian empuja sus asuntos. "Todo lo que digo es que está por debajo de ti lidiar con gente como Don Juan. Los médicos junior pueden manejarlo. Vaya, hasta su tía podría."

"¿Envidioso?"

Andrews balbucea. "¿De qué? ¿Espinillas y axilas malolientes?

Se realista."

Albright se detiene. "Del enorme bono que me dará soportar a ese chico."

Andrews es un ciervo cegado por los faros, aturdido por su franqueza. "Te ves un poco enfermo, doctor" continúa Margarita con dulzura. "¿Quizás deberías ver a un médico?" Un poco mezquina, pero él la molesta tanto.

Ella desliza su tarjeta de identificación por la ranura de la puerta de Registros. La abre.

Él le impide entrar. "Margaret, no todos tenemos acceso a becas o papás ricos con grandes bolsillos. Algunos de nosotros realmente trabajamos hasta llegar a la cima, con un trabajo honesto y duro."

"Es Margarita," corrige automáticamente su intento de hacerla quedar mal. "Y por cierto, Dr. Andrews - cuanto antes superes y aceptes que las mujeres son capaces de obtener la igualdad de pago y la promoción en Prymus, más pronto sanará tu úlcera inflamada."

Ella lo mira fijamente. Se aparta a regañadientes. La puerta le golpea en la cara.

Dentro de la sala de registros, una sola lamparita ilumina una fila de archivadores agrupados a lo largo de una pared. El otro lado está desocupado. Hay numerosos parches enyesados, esperando su primera capa.

Margarita inhala profundamente, exhala ruidosamente. "Ven mierda pedazo de mondongo."

Recorre la fila, patea un trapo de un pintor fuera del camino de paso. Se detiene en el ante último archivador y se agacha. Tira del cajón en la parte inferior con la etiqueta 'Z'.

Se abre ruidosamente. Margaret hojea a través de la clientela archivada bajo la última letra del alfabeto y deja caer el archivo de Jerry en una carpeta muy gorda, luego empuja el cajón para cerrarlo, pero se atasca. Lo sacude, empuja y tira un par de veces. Algo en el fondo, cae con un 'clunk'.

El extraño sonido despierta su curiosidad. Levanta un montón de archivos, agarra los de atrás y los trae hacia delante. Gira su cabeza para ver en la parte trasera del cajón. Un objeto negro rectangular se sienta allí en una esquina.

Sintiéndose como una tonta, como cuando se colgó brevemente boca abajo para besar la piedra de Blarney en Irlanda en su año sabático, Margarita estira su brazo hasta el hombro para recuperar torpemente un viejo portátil que ha estado allí recogiendo polvo. "Bueno, ¿quién sabe? Supongo que no llegó al día de reciclaje."

De vuelta en su oficina, marca un número de marcación rápida en su teléfono de escritorio. Lo pone en altavoz. Chubby Lewis, el nerd de informática, atiende en el quinto timbre. Suena acosado. "Dr. Albright. ¿Qué pasa?"

"Oye, Lewis," chilla.

Un momento en el que lucha por mantener el tono de 'te lo dije' de su voz. "¿Impresora otra vez?"

"No, la impresora está bien, gracias. Este es un problema de contraseña."

"El administrador se encarga de los restablecimientos, cariño."

Albright está impasible. "Es un poco más complejo que eso. ¿Puedes venir?" Ella puede sentirlo mentalmente suspirando en el otro extremo de la línea.

"Estoy ocupado con copias de seguridad de fin de mes, Maggie. ¿Puede esperar?"

"No si quieres echar un vistazo a la mente descabellada de

Crane."

Lewis se anima. "Espera – ¿el mismísimo profesor loco?" se pregunta, sin darse cuenta de que está soltando un insulto al fundador de la compañía.

"El mismo." Se lo deja pasar, por ahora.

"Ya voy." La línea se corta, ya que ni siquiera esperó su respuesta. Se ríe y sacude la cabeza ante la sencillez de la especie de los nerds de informática.

Un pequeño portátil se encuentra en un espacio que Margaret ha despejado en su escritorio. Un salvapantallas de Minecraft con texto tosco les saluda: **Bienvenido al PC de Mikey**. El cursor parpadea con esperanza sobre el cuadro de la contraseña.

Por un momento, ella y Lewis consideran el portátil como si de repente pudiera cobrar vida y brotar de este las serpientes de Medusa, o explotar espontáneamente en una bocanada de humo y plástico negro.

"Privacidad… maldita si la tienes, y maldita si no la tienes," murmura Margarita.

"Eres mi testigo, y viceversa," declara. Esta vez, decide corregir a Lewis, pero recuerda que le está pidiendo un favor, así que se calla la boca.

"La encontré en el sótano," miente. "Estoy bastante segura de que es su portátil de trabajo, aunque no la he visto en mucho tiempo."

Lewis conecta su pequeño portátil directamente al de Dr. Crane. Ejecuta un programa para buscar la contraseña. No tarda mucho en aparecer.

"¿Acaso las cosas del profesor emérito Crane no ardieron en llamas en la vieja clínica?" Lewis se pregunta.

"Sí. Salvo esto, parece."

"El molino de rumores aseguraba que se trataba de un Cóctel Molotov."

"No fue un rumor. Crane pagó por el robo, y después pagó con su vida."

Lewis considera las implicaciones de esta bomba. Él observa atentamente la pantalla de Crane mientras muestra accesos directos del escritorio sobredimensionados.

Le sonríe a Margaret: *ya estamos dentro.* "Aquí va nada." Conecta una pequeña unidad flash en la ranura individual trasera del ordenador de Crane, pero aparece un mensaje de error en la pantalla – unidad ilegible. Lewis frunce el ceño. "Wow, eso es…" "Positivamente antiguo."

Lewis escribe en su teclado. Descifra la contraseña. Aparece una ventana de carpetas. "Mucho mejor," asiente satisfecho.

Pulsa dos veces en una carpeta. La ventana tarda un tiempo en abrirse, ya que una vez más, está protegida con contraseña.

Lewis mira a Margarita a través sus lentes de lectura, esperando en silencio su permiso. Sabiendo que si algo sale mal, caerá sobre ella, no sobre él, ¿y está de acuerdo con eso?

Ella le da un asentimiento cortante, y él se dispone a hackear su camino hacia dentro de la carpeta. Una vez allí, se desplaza por una larga lista de temas en toda clase de pruebas de ADN, empalme y secuenciación, pero no hay nada que realmente sobresalga.

Cierra la carpeta. Toca otra. Es el diario de Crane, meticulosamente escaneado.

"Lotería. Eso va a valer una caja de Tootsie Pops."

"Te compraré un cartón entero, todo para ti."

"¿De sabor a cereza?" Lewis se ilumina ante la posibilidad.

"Claro."

"Trato hecho."

"Voy a pedir algunos."

Lewis se desplaza por numerosas entradas. Hay notas sobre el inusual caso de Jessup, hace unos quince años. Teorías, hipótesis, más notas personales sobre el comportamiento de algunos médicos clínicos con respecto a la ética involucrada, como la necesidad de sopesar los potenciales avances en la experimentación científica para salvar vidas, frente a los derechos del paciente.

Varias veces, Crane advierte que 'la prisa hace al desperdicio', y que no caerá preso de resultados apresurados, conclusiones cuestionables, o atajos que pueden obtener financiación rápida, pero conducen a estar a la disposición de las gigantes farmacéuticas con grandes bolsillos.

Las notas de Crane son concisas, honestas y a menudo irónicas, al igual que el hombre mismo.

Lewis mira a la Dra. Albright. Una avalancha de recuerdos vuelven a ella al ver las entradas del diario íntimo. Solloza y se frota los ojos.

Él le aprieta la mano con tranquilidad. Levanta las cejas: *¿quieres que continúe?*

Ella asiente lentamente: *Voy a estar bien.*

Lewis pasa de página. El titular afirma: 'Theo Jessup, 20 semanas'. Debajo de eso, hay una instrucción de "Haga Clic Aquí", que Lewis sigue debidamente. Abre otro archivo con un sonograma de Theo, capturado a las veinte semanas de edad. Las notas clínicas detallan el caso inusual; el lóbulo frontal desmesurado, y si es una anormalidad, o algo más exótico.

Lewis cierra el enlace. Se desplaza hacia abajo. "Oye, mira esto." Se acerca.

Con tinta roja, Crane tiene una nota de advertencia sobre el cuestionable profesionalismo de uno de sus nuevos empleados, el Dr. Hunter, comparándolo con un despiadado tiburón come-hombres en un frenesí de alimentación.

Grandes monitores en el centro de datos muestran la cámara de seguridad directamente desde la oficina de la Dra. Albright, apuntándola a ella y a Lewis. El segundo monitor es una imagen espejo del portátil de Lewis, con la pantalla de Crane.

Viendo la nota explícita, Bradley vuelve a entrar en shock. Mira alrededor del centro para ver si alguno de los empleados ha visto el descarado regaño de Crane, pero su monitor es el único con la alimentación.

El oficial de seguridad que se encuentra en las inmediaciones permanece firmemente pegado a la actividad del personal y de los clientes en otros monitores. Los servidores en la nube detrás de ellos guiñan y zumban silenciosamente.

El Dr. Hunter recupera su compostura. Está dividido entre interrumpir la actividad ilegal de Lewis y ver qué más saca a la luz. Elige esta última.

"Con los datos relevantes podemos hipotetizar las posibilidades futuristas del MG53 proteico, y su aparente capacidad para reparar heridas a velocidades récord. Si se descubre que es genuino, las posibles implicaciones para la ciencia médica son inconmensurables," termina leyendo Lewis en voz alta. Luego cierra el diario. Algunas cosas son demasiado científicas para su comprensión, si no demasiado personales. Además, puede sentir una migraña que se avecina. Se pellizca la nariz y cierra los ojos. Respira hondo en un conteo hasta diez.

Desenchufa su parafernalia. Empuja el portátil de Crane hacia Margaret. "Será mejor que vuelva a mi guarida."

Ella asiente en comprensión.

Lewis se para, aprieta su mano en su hombro brevemente, y se va, dejando a la doctora Albright perdida en los recuerdos de su mentor.

5

Caitlin

Incluso a la primera hora del día, en el café Greasy Spoon comfort stop, ya hay docenas de vehículos en el estacionamiento, incluidos los vehículos de transporte de corta distancia, campistas y otros veraneantes, y los que pertenecen a cazadores y vendedores ambulantes. Una solitaria moto modificada hace juego con su propietario con parches en el interior, y un gigantesco Volvo VNL 860 completa el grupo.

Junto al tractor-remolque, Theo examina el concurrido café. Nadie se da cuenta de su presencia, ya que da vueltas cautelosamente alrededor de la parte trasera y lateral, analizándolo como un posible medio para hacer su escape fuera de la ciudad. Suponiendo que se dirija en esa dirección.

Mira la cabina. La puerta tiene un buen gráfico de un bulldog - similar al famoso póster de los perros jugando al póker - este, con un cigarro en la boca, envuelto en un gran pan de hot dog, respaldado con una bandera de Union Jack. Cursi, pero lindo. La leyenda anuncia que es un "Houn' Dog" que hace a Theo reír. Si se tratara de una bandera de Estados Unidos, entonces sin duda la marca sería el Rey del Rock and Roll. Esto *podría* resultar en una apuesta segura.

En el interior, el servicio se está acelerando rápidamente, con el esfuerzo constante del personal bien entrenado y en su mayoría de largo plazo, manteniendo todo sobre la marcha.

Una persona en el mostrador sirve al siguiente cliente en la fila. El cocinero de órdenes simples carga otro pedido en la escotilla y hace sonar la campana de servicio. Una camarera cuyo nombre dice Amanda, pincha el pedido, y lleva una pila de Waffles de arándanos calientes y café a su mesa numerada.

Coloca la comida delante de una camionera irlandesa robusta, Caitlin, que mide apenas un poco menos de 5'5" de altura, y es una católica no practicante. "Aquí tiene, señora. Sólo un bocadillo ligero. Disfrute."

"Gracias, Amanda. Cuidando la cintura," Caitlin se da una palmadita en el estómago. Intercambian un guiño y una risita de amigas, luego Amanda se dirige de vuelta para su siguiente orden de entrega.

Caitlin siente el aroma de la comida hogareña. Vierte crema fresca en su café. Añade demasiado azúcar. Da sorbos contenta.

En el exterior, a Theo se le hace agua la boca al ver el desayuno de Caitlin.

Una voz brusca interrumpe el servicio de desayuno. Es el motoquero de los parches. "¡Eh, señora! ¿Cómo es que le sirven a esa vaca pesada antes que a mí?"

"Su orden estaba lista antes que la tuya, que ya sale. Aguarda."

"¿Aguardar? Yo no aguardo. Nunca."

Todo el mundo en el café gira la cabeza para ver esta discusión, medio esperando ver si algún tonto se mete, proporcionando así una emocionante mañana de entretenimiento. Uno o dos celulares salen de los bolsillos de sus dueños y registran discretamente los hechos a medida que se van desarrollando.

Amanda pone su orden delante de él, pero la ignora. Se pone de pie de un salto, al igual que su compañero de asiento. El motociclista de los parches se centra en Caitlin. "No está bien, que esta gigante coma primero. Los hombres antes que las mujeres."

Estar acostumbrada a los exabruptos sexistas es parte del trabajo, pero Amanda se muerde la lengua con sabiduría, mientras rápidamente piensa en una solución para pacificar al imbécil.

Imperturbada por el crudo comentario, Caitlin termina su bocado. Traga. Se limpia la boca con una servilleta de papel. Pone sus cubiertos juntos. Tratando de evitar una confrontación más dura con el estúpido, se aleja deliberadamente, mientras suena en sus oídos el próximo insulto del motociclista de los parches: "Oye, Pantalones Gordos. Eres demasiado baja para correr. Intenta deslizarte sobre tu trasero." Luego tira su café sobre los waffles, y los escupe.

A estas alturas, el personal está listo para llamar al gerente, si no, a las autoridades.

Caitlin paga por sus tres comidas, incluyendo su habitual 20% de propina, rápida e inteligentemente, y se dirige a la salida - sin siquiera remotamente considerar una respuesta desagradable, pero bien merecida, para el pavo real pavoneado.

Incapaz de dejarlo ir, el motociclista de los parches imita a un pollo: "Buck, bawk, buuucck," y aletea sus manos como una mala imitación del famoso Baile del Pollo.

Caitlin ignora la burla. Las puertas principales se cierran detrás de ella. Se dirige directamente a Houn' Dog, con la cabeza gacha y humo saliendo de sus oídos. Lo abre de forma remota estando a unos veinte pasos, luego sube y pone el motor en marcha.

"Alguien se despertó en el lado equivocado de la cama, esta mañana." Amanda regaña a su aún enojado cliente. El motociclista de los parches contraataca: "No me gustan las mujeres bajas. Cerebros demasiado cerca de sus traseros."

"Los modales no cuestan nada."

"Ahórrate el sermón, Toots."

La persona del mostrador interviene: "Bueno, podría mostrar un poco de respeto, señor. Sobre todo porque ella acaba de pagar por sus desayunos."

"¿Ella *qué*?"

La persona del mostrador agita el recibo en el aire.

El motociclista de los parches casi muere de risa. "¿Es estúpida?"

"No sé de estúpidos, pero esa moto está en grandes problemas."

El motociclista de los parches se voltea a tiempo para ver su moto personalizada aplastada bajo las ruedas traseras de Houn' Dog: unas 40 toneladas de peso total.

Los clientes hacen su mejor esfuerzo por ahogar sus risas.

En la seguridad de su cabina, Caitlin grita alegremente: "Whoopsie-daisy. Mujeres conductoras, sin sobrevivientes." Ríe a carcajadas mientras lo ve gritar de rabia por las ventanas de la cefetería.

Enciende su señal de giro, sale a la carretera principal, luego decide tener la última palabra con una larga ráfaga de su bocina, mientras se desplaza por el carril central.

Un medallón de San Cristóbal cuelga en el centro del parabrisas. Se dirige a la consola de entretenimiento. "Pon el concierto de violines de Mozart en D mayor." Se prende y el concierto sale por los altavoces. La melodía brillante lava el sabor amargo de la interacción en The Greasy Spoon.

Por detrás de ella, en un rincón de la sección de durmientes, Theo felicita a Caitlin. "Bonita melodía."

"Gracias." Entonces cae. "¡Jesús, José y María! ¿Qué demonios?"

Se da vuelta. Un fantasma la mira fijamente. Caitlin agarra su Colt .38 con incrustaciones de perlas de la guantera. Lo apunta hacia el intruso. "¿Cómo demonios te metiste dentro de mi camión? Estaba cerrado con llave."

El Colt baila frente los ojos de Theo… le ata la lengua Caitlin jala el martillo hacia atrás. "Habla, chico."

Él traga audiblemente. Se refugia en su mundo familiar de hechos y cifras. "Inventado por el Sr. Samuel Colt en 1835, quien patentó su propio revólver de percusión, utilizando cinco o seis cilindros y un dispositivo único de cocción."

"Correcto. Y muy preciso a corta distancia."

Theo traga. Entonces, más valiente de lo que siente, "lo sé, per…"

"¿Pero…?" Caitlin chilla. *¿Está discutiendo semántica? Sal de aquí.*

"Si disparas a Tiffany en un espacio cerrado…"

"¿Cómo sabes su nombre? -"

"— perderás la audición, poniendo así en peligro tu capacidad de conducción. Por no hablar de salpicar mi materia cerebral por toda tu limpia cabina."

Tiene razón.

"¿Eres un boy scout o algo así?" pregunta con sarcasmo. Theo permanece mudo. Ella levanta el arma. De alguna manera mantiene la calma. "Estas perdiendo el tiempo. Empieza a hablar."

El adolescente considera sus opciones limitadas - andando

en la autopista a alta velocidad, con un revólver con perlas cargado, en la cara, sostenido por una conductora femenina enojada, cuya mirada podría derretir vigas de acero - sí, no están exactamente a su favor ahora mismo. Es hora de subir de nivel. Él elige la honestidad. "Me llamo Theo Jessup. Mis padres fueron asesinados en una explosión anoche. Me escapé."

"No me enteré de ninguna explosión."

"Encontraron nuestro escondite."

"¿Quiénes son ellos'?"

"Las llamadas fuerzas del orden."

"¿Y lo hicieron porque...?"

Ahora le toca a él usar en el sarcasmo. "Soy especial. Valgo una fortuna."

"¿Hay un precio en tu cabeza?"

"¿Me vas a entregar? Muchas gracias."

Ella resopla. "Oh, seguro. Te dejaré en el reformatorio local y cobraré la recompensa por un chico de cara pálida con lentes de contacto morados y una actitud descarada. ¿Quién creería eso?" Theo se encoge de hombros, evasivamente. Caitlin lo mira los ojos. Parece bastante inofensivo. "Bueno, señor Theo Jessup. Será mejor que vengas aquí arriba, para que pueda echarte un ojo."

Theo hace lo que sugiere. "No intentes nada estúpido," añade innecesariamente. Theo es la personificación de la inocencia. Ella suelta el martillo. Acelera. "¿Y cómo demonios te metiste en mi plataforma sin que sonara la alarma?"

Él examina el piso. Caitlin lo fija con una mirada de acero. *Solo sigue con su millón de preguntas... por ahora.* A regañadientes, abre un bolsillo del compartimento de su chaqueta. Extrae las herramientas de apertura de cerraduras y las presenta. Sus ojos se salen de su órbita.

"¿Eres una hoja de té, entonces?"

"Café, para mí."

"Hoja de té. Ladrón. Rimas en jerga."

"Oh, entiendo. Solo esta vez."

"¿Juras por lo que quieras que estas no mintiendo?"

"Juro por la gracia de mi madre…" Su voz se apaga mientras un medio sollozo se desliza por su garganta. Suprime la memoria de Rose. Las lágrimas le invaden los ojos, mientras lucha por controlar sus emociones. Se limpia los ojos con la manga de la chaqueta.

Caitlin le permite un módico espacio para componerse. Regresa a Tiffany a su escondite. "Lo siento, Theo. No fue mi intención presionarte. Me desconcierto cuando los desconocidos me sobresaltan, ¿ok?"

"Me llamo Caitlin, por cierto. Cait para abreviar. Apellido, O'Reilly."

"Oye, Cait. Perdón por la sorpresa, allá atrás."

"Disculpas aceptadas. Solo por esta vez." Ella se acomoda en su asiento por un momento, asentándose en su rutina de conducción de larga distancia. "La próxima vez, tal vez solo pide un paseo en el mostrador, ¿sí?"

"Lo haré." Lo dijo con una sonrisa triste.

Escanea la carretera, el panel de instrumentos y los espejos laterales en rotación, pero echa algunas miradas de reojo a Theo. Su piel translúcida fascina. Sufre pacientemente por sus repetidas miradas. "Los santos nos preservan, sin embargo - pensé que venías a llevarme a Tír na nÓg."

"Mi condición es genética, no por falta de sol."

Ella aprieta sus labios. "Ya veo. Gracias por la aclaración. ¿Hacia dónde te diriges?"

"A un lugar seguro. Lejos de este lugar, hasta que pueda

determinar mi próximo movimiento."

"¿No hay otros familiares o primos que puedan recibirte en su sofá, a corto plazo?"

"Demasiado arriesgado. Habrán descartado cualquier vínculo familiar."

Ella reflexiona un minuto sobre esto. "Bueno chico, parece que estás atrapado conmigo, por ahora. ¿Puedes conducir?" Él mira la pedalera. "Me imaginé que no. Eres muy joven, ¿eh?"

"Recientemente he empezado a aprender. No puede ser tan difícil. Simplemente es mecánica sincronizada."

"Bien… espera a intentarlo en un agitador de carga como este," se ríe. *Cada niño y su perro son camioneros expertos.*

"Estoy seguro de que el motociclista enojado quedó impresionado con tus habilidades de conducción."

"Ah, sí. Creo que la próxima vez, el Sr. Grumpy Bum escogerá a alguien de su tamaño. Aunque es una pena que no haya podido comer en paz."

Siendo recordado de la comida, el estómago de Theo resuena. Cierra los ojos para bloquear los dolores por el hambre.

Ella lo mira. "¿Cuándo fue la última vez que comiste?"

"Ayer."

"Mi próxima parada programada no es por otras tres horas. Hay algunos refrigerios a tu lado. Eres bienvenido a servirte."

"Gracias."

Busca en el pequeño estante que indicó Caitlin. Encuentra una barra de comida saludable y la abre. La devora, mientras suenan alegremente los violines de Mozart. "Este camión pesa ochenta y tres mil seiscientas libras, trescientos treinta y ocho caballos de fuerza. Increíble."

"Eres bueno con los hechos y cifras."

"Absorbo por observación."

"¿Es eso como la ósmosis?"

"Algo así."

"Suena coo-coo…"

Su radio cruje y un hombre anciano transmite su señal de llamada. Cait baja la música. "Buenos días a todos. Sólo quiero que todos sepan que hay una trampa para osos en el marcador 241. Bien escondida. Acabo de pasarla, hacia el sur."

Hay una ráfaga de reconocimiento de otros camioneros en los alrededores.

Caitlin prende su micrófono: "Estoy por el 239."

"En breve te acercarás a él, Cait."

"Gracias por el aviso, Hank." Ella devuelve el micrófono a su lugar. Verifica del velocímetro y reduce su velocidad.

"¿Cuánto tiempo llevas conduciendo?" Theo pregunta.

"¿Toda mi vida, o sólo hoy?"

"Solo intento sacar charla."

Caitlin se ríe. *Mejor complacer al chico.* "Esta mañana, salí en un horario irreligioso, porque es interestatal, así que ayer tuve medio día libre para preparar este recorrido. Pero normalmente, alrededor de la salida del sol, excepto en el invierno cuando empiezo y termino en la oscuridad. Aunque hay algo raro en eso."

"¿Qué - la oscuridad?"

"Sí. No hay suficientes horas de luz para mi gusto. De todos modos, conducir está en mi sangre. Empresa familiar. Mis abuelos me enseñaron cuando llegaba a la altura de las rodillas del volante. Me senté en su regazo en el asiento del conductor, aprendí a dirigir mientras hacía todo lo demás. Es un poco cliché decir que me fue natural, pero es la verdad del Evangelio. Yo podría haber sido piloto de carreras, seguro, pero las mujeres no lo tenían permitido."

"Permitido, ¿dónde?"

"Belfast. Irlanda del Norte."

El camión de Hank aparece a la vista. Toca la bocina y da un saludo amistoso al pasar a Caitlin. Ella le devuelve su saludo.

La gran cabina de Caitlin pasa por delante del patrullero oculto. En su interior, el oficial Hércules, que piensa que es el regalo de Dios a la policía, de ahí el apodo, empuja a su compañera policía Brianna (también una fisicoculturista) quien conduce hoy. Señala el faro trasero roto y el guardabarros dañado del encuentro en el café.

Brianna acelera, y salen detrás del Volvo.

6

Cazador

Al no poder dormir - o posiblemente quedar ligeramente hipnotizado por los marcadores blancos de la carretera que parpadean- la cabeza de Theo se balancea.

"¿Soy yo que te estoy aburriendo hasta llorar? Sé que puedo hablar hasta hartar."

"Sólo me siento un poco cansado," Theo responde cortésmente.

Caitlin señala detrás de ella. "Duerme un poco en el durmiente si quieres."

"Gracias," murmura, y en ese momento los acontecimientos del pasado día llegan estrellándose en la realidad de Theo, con un aluvión de emociones y sentimientos que amenazan con abrumarlo. Cómo sobrellevar la muerte súbita ciertamente no fue parte de su entrenamiento infantil, mucho menos cuando son sus propios padres.

"Pero si necesitas ir al baño, tendré que pararme," Cait lo trae nuevamente al presente.

"Estoy bien." Theo se desabrocha el cinturón de seguridad, corre la cortina - desaparece en la unidad del durmiente - cierra la cortina. Se enrosca como una bola bajo la manta de tartán.

De vuelta, Hércules y Brianna debaten el mejor plan de aproximación. Las unidades de apoyo podrían estar lejos, lo que significa que se produciría un retraso en el momento oportuno, si fuese necesario. Herc revisa los autos del escuadrón dentro del alcance (cero) y de las ciudades vecinas (tres).

"Todas las unidades - tenemos un testigo ocular, afirma que su motocicleta personalizada fue atropellada por un dieciocho ruedas. Volvo VNL 860," Despacho interviene, añadiendo el ID de la placa. "Avísanos si lo ves."

Herc toma su micrófono. "Copiado, Despacho. Parece que es nuestro día de suerte. Creo que lo hemos visto pasar, justo ahora."

"Gran trabajo, Herc. Lo voy a pasar. El tipo se está volviendo loco."

"Yo también lo estaría. Amo mis vehículos."

"10-4. Cambio y fuera."

Hércules cuelga el micrófono de su radio.

El aparejo de Caitlin en la lejana distancia delante de ellos, parece a punto de desaparecer en el horizonte como alguna ilusión caricaturesca. Estimulada por el deseo de atrapar el vehículo que se escapa, Brianna acelera.

WOOP. WOOP.

Caitlin se ralentiza y se mueve para dejar pasar sin problemas al blanco y negro que se acerca rápidamente, pero Brianna enciende sus faros y toca la bocina al camión.

Desconcertada, Caitlin escanea su panel de instrumentos en busca de señales de advertencia, pero nada está mal. "¿Qué diablos?"

Más bocinas agresivas.

Caitlin aprieta los dientes.

Suelta el acelerador, ralentizando al gigante mientras busca un lugar para frenar si fuese necesario, luego se dirige hacia un tramo conveniente de la carretera, que alberga una mesa de picnic solitaria. Desabrocha a San Cristóbal, lo coloca alrededor de su cuello. "No me defraudes, amigo."

El auto se coloca detrás. Hércules sale de este.

El ojo de águila de Caitlin observa su aproximación en el espejo. Sus botas crujen a lo largo del borde de grava.

Él golpea su pistola en la ventana. Ella la baja. "¿Cuál parece ser el problema, oficial?" Caitlin pregunta, tan tímida como puede.

"Licencia y registro, por favor." Ella los entrega obedientemente. Hércules hojea los papeles. Comprueba que el ID de la foto coincide con su propietario. "Salga del camión, Sra. O'Reilly."

"¿Perdón?"

"Ya lo oíste. Baja de tu gran caballo, amablemente y despacio."

Caitlin se frena. "Pero señor, me va a hacer llegar tarde a mi próxima entrega."

"No es mi problema."

Ella se deja caer al suelo. "¿Le importa decirme de qué se trata todo esto?"

Se mueve con su pistola. "Muévete."

"Bien, ya. Sheesh." Molesta, Caitlin camina hacia atrás. La sigue Hércules.

Mientras rodean la parte trasera del camión, señala con la cabeza los daños. "Oh, bien. Puedo explicarlo," Caitlin se golpea mentalmente una mano en la frente. *Maldita sea, debería haberlo comprobado, de antemano, pero el chico me distrajo de la rutina de la mañana.*

"Contamos con ello, señora." Sigue siendo educado, pero el fuerte trasfondo no dejará de ser una tontería.

"Aquello fue un accidente extraño," dice Caitlin para buscar una excusa viable respecto a la retaguardia.

"No es lo que oímos. Se dice que estás llevando a María Juana a través de la ciudad, y que esto fue un trato que salió mal."

"Estás bromeando. ¿Te parezco una mula?"

"Ya que estás preguntando, yo diría hipopótamo, pero es tu palabra contra la mía."

Caitlin está horrorizada. "¿Perdón? ¿De dónde sacas eso de avergonzarme por mi tamaño?"

Mientras señala su pistola directamente hacia ella: "¿Accidente raro? No me lo creo, señora."

Theo abre cautelosamente la puerta lateral de la cabina y sale de ella. Se cae al suelo lo más silenciosamente posible. Escucha a Caitlin y Hércules debatiendo.

"Vamos a inspeccionar cada pulgada de este vehículo. Una vez que llegue la DEA."

"¿Cuánto tiempo llevará eso?" Caitlin quiere saber, ya que su horario de día se esfuma.

"No tanto como la cantidad de tiempo que obtendrás por ser culpable."

"Esto es ridículo. No hice nada malo."

Hércules dobla sus abultados brazos. "No es lo que el denunciante y los testigos dijeron en la parada de camiones."

"Ooo... ese mentiroso, neandertal, pendejo."

"Yo tendría cuidado con la difamación de carácter, señora. A los jueces no les gusta."

"Ese pomposo idiota. Le mostré amabilidad. Mira a dónde me llevó."

A Hércules no podría importarle menos. "Guárdalo para el

jurado."

Una alerta Amber suena en el dispositivo de comunicación de Brianna. Ella toca el mensaje. Es una foto de identificación de Theo. Debajo indica que es BUSCADO para ser interrogado por el presunto asesinato de sus padres. Se considera que está en fuga. El sospechoso puede estar armado y ser peligroso, por lo tanto, acercarse con precaución.

Hércules se desplaza hacia Brianna, que sale del coche patrulla con un juego de esposas. Sabiendo más que discutir con un policía armado, Caitlin empuja sus brazos a regañadientes detrás de ella para que Brianna pueda esposarla. Mientras lo hace, Hércules coloca un rastreador GPS escondido bajo la puerta trasera cerrada del tractor-remolque.

"Estrictamente operativo, Sra. O'Reilly. Es por su propio bien," aconseja Brianna.

"*Los cerdos vuelan,*" piensa Caitlin, pero se abstiene de expresarlo.

Hércules sacude el gran candado de la puerta. Se dirige a Caitlin. "¿Llave? Vacía los bolsillos."

Ella se gira; le menea las manos esposadas - *¿sí? ¿Cómo?* "Alcanza adentro – ¿o quieres que Bri lo haga por ti?" Herc sugiere.

"No soy contorsionista. Lo siento."

Hércules señala a Brianna para que dé el paso. Ella libera una esposa. Cait se frota la muñeca donde la tenía amarrada.

"Eres bueno, oficial. Tu mamá estaría muy orgullosa de ti." Caitlin se apoya en el encanto - un poco mucho. *Psicología 101 - halaga a tu enemigo.*

Brianna escupe. "¿Esa perra? Ella Engaño a mi querido papá un día después de que se casaron." Escupe más flema.

La camionera lamenta haber hablado.

En la parte superior de la cabina, Theo sostiene una llave en alto. Él grita. "¿Buscas algo?"

Tres cabezas giran.

"Mierda, es el chico fugitivo," dice Bri.

"Theo - mantente fuera de esto," Caitlin le advierte.

"¿Quién… qué fugitivo?" Herc no puede seguir el ritmo.

Theo se desvanece desde el techo.

Brianna gruñe como un oso herido. Afectada por la apariencia de Theo, se desplaza hacia atrás. Busca la forma de subir. Hércules le impide esta idea precipitada. "No es inteligente, Bri."

"Despacho afirma que está armado y que tiene un alto precio en su cabeza. Podemos entregarlo, Herc."

Mientras discuten, el motor del camión se pone en marcha. Se desplaza hacia adelante a lo largo del arcén de la carretera.

"Entonces llama a los refuerzos, idiota." Enojada, Brianna golpea el suelo con su pie. *Lo hice.*

Caitlin se revienta las tripas para abrir la puerta y subirse, justo cuando su camión gira hacia el carril de tráfico.

"Entonces espera a que lleguen aquí," le reprende Hércules a Brianna.

"No puedo. Tengo que hacer esto pronto, así puedo usar el baño."

"Y pensé que los hombres eran casos sin esperanza," Hércules sacude la cabeza. "¿No puedes orinar detrás de uno de esos arbustos?" Señala a los árboles al lado de la mesa de picnic.

"Esos son ustedes hombres, no nosotras chicas," Brianna regresa, mientras tardíamente se dan cuenta de que están solos. Un momento de absoluta quietud por el impacto, luego vuelven a subirse a su coche, pero las puertas no se desbloquean.

"¿Qué demonios? ¿Qué hiciste?"

"¿Qué hice? Nada."

Hércules arranca la manija de la puerta. "¿Estás segura de eso?"

"Duh… ¿qué soy, idiota? ¿Alguien puede manejar nuestro coche patrulla desde la distancia o algo? Necesitas que te vean la cabeza."

"¿Yo? ¿Quién conduce, bimbo? Esto es tu culpa."

"Muérete, idiota."

Las cosas no van mejor dentro de Houn' Dog.

Caitlin lanza una mirada asquerosa a Theo - sin saber si darle las gracias o pegarle. "Tú, pequeño ladrón. Robándome el camión en mis narices." Se escabulle en el asiento del conductor y fija su atención más allá del parabrisas. "Cómo te atreves a romper tu promesa conmigo, Theo," continúa furiosa Caitlin. "Después de todo lo que he hecho por ti. Tendría que echarte afuera y alimentarte a los lobos."

"Canus lupus. Tomaría su compañía por encima de la tuya, cualquier día," replica furioso.

"¿Qué… qué demonios?" Ella grita. "Cuida tu boca, chico. No eres demasiado grande para una nalgada."

"Eres igual que mi madre, durante *esa* época del mes." Pasa los cambios. Pisa el acelerador. El velocímetro marca más de 60 millas por hora.

"Oooh, así que ahora es *mi* culpa que estés siendo un idiota, ¿verdad? Culpar a las mujeres por los ciclos mensuales de la Madre Naturaleza. Los hombres son tan tontos."

"La Madre Naturaleza es una vaca con mal humor que no puede decidirse. Igual que la mayoría de las mujeres."

"Los adolescentes - aprovechan al máximo mientras todavía

saben todo."

Ya no tiene respuesta.

Theo sigue adelante en un silencio obstinado, negándose a mirar a Caitlin a los ojos. Ella finalmente cede. Le ofrece una rama de olivo. "Se exceptúa la compañía actual, supongo."

"¿Qué?"

"Probablemente eres el único adolescente que he conocido que realmente lo sabe todo."

"Gracias." Pero es un elogio hueco, en el mejor de los casos, y Theo sigue siendo inteligente.

Caitlin insiste un poco más, ligeramente irónica. "Simplemente no dejes que se te suba a la cabeza, rayito de sol."

Theo infla las mejillas. "Estoy seguro de que me patearás el trasero si lo hace."

"Lo haré si no me dices lo que le hiciste al auto," responde, aún entre dos pensamientos, si dejar a este raro polizón en su espacio de trabajo personal fue una buena idea o no. Su madre siempre dijo que tenía la costumbre de caer de cabeza completamente por una historia triste.

Él le levanta las cejas. "Secreto comercial."

"¡Theo!"

Él no se mueve. Ella le mira con frialdad. Él nivela su mirada hacia ella.

"¿Tu inmovilizador lo rompió?" Ella lo intenta de nuevo, aún necesitando una respuesta lógica.

"No tengo uno," es su respuesta hosca. Como, *duh, ¿no es obvio?*

"¿Eh? ¿Le pusiste un hechizo, o qué?"

Theo copia la rutina de verificación de instrumentos de cabina de Caitlin, espejos laterales, superficie de la carretera por delante y suspira de manera resignada. Como no va a ir a ninguna parte con prisa, puede decirle qué es lo que pasa y aprovecharlo al máximo. "Piensa en ello como una forma de hipnosis o control mental."

Ella no esperaba esa respuesta. "¿Control mental? ¿En serio?"

"De la forma más cercana en que puedo describirlo, sí."

Eso la inquieta. "Bueno, no vayas a probar nada de eso conmigo, ok." Sacude la cabeza: *de ninguna manera.* "¿Lo juras?"

"Cait - no se puede hacer contra tu voluntad."

"¿Y cómo es que bloqueaste ese patrullero?"

"Los objetos inanimados no pueden objetar."

"Correcto. Creo que lo entiendo. Sí..." No es la más sabia. "¿Cuánto tarda en deshacerse?"

"No puedo decirlo con seguridad."

"¿Por qué no, señor sabelotodo?" Caitlin se burla. "¿Pensaste que podías hacer todo?"

"Mi primera vez probándolo." Theo sonríe tontamente a Caitlin. El grito de las sirenas interrumpe su discusión. Conduciendo como un murciélago saliendo del infierno, el patrullero se dirige hacia el par, tocando bocina, y parpadeando las luces como locos.

Una mirada al espejo confirma las peores sospechas de Theo. "Y aparentemente, no lo suficiente."

Presiona el pedal para acelerar. El gigantesco camión se adelanta.

El velocímetro llega a 80.

El patrullero los pasa con Hércules al volante. Un gran alivio inunda brevemente sus rostros preocupados, ilógicamente esperando que los oficiales estén en otros asuntos, pero en el momento en que Herc se cambia a su carril, por delante de ellos, sus temores se hacen realidad.

La paciencia de Caitlin se ha agotado. "¿Eres bueno abriendo esposas?" Las balancea delante de Theo.

"Claro, pero…" Indica que tiene las manos ocupadas con la conducción.

Caitlin presiona el modo crucero en la columna de dirección. Houn' Dog se maneja virtualmente, mientras que Theo toma su mano por el centro mientras le quita la esposa, y luego regresa a manejar el volante.

"Salud." Ella agarra su pistola con perlas. Comprueba que el tambor está cargado. La cierra. "Hora para la práctica de puntería de Tiffany." Le lanza una mirada de completa aprensión. "Estoy asegurada, pore ¿lo estás tú?" Ella plantea la pregunta preventiva.

Su risa nerviosa sugiere que no lo está. "Espero que no pase nada malo, ¿eh?" Caitlin reflexiona, tirando del cinturón de seguridad para apretarlo.

El patrullero se ralentiza deliberadamente. Para evitar chocarlo, Theo se cambia el siguiente carril.

Hércules imita su movimiento.

El ruidoso altavoz del patrullero suena: "Detente, señora. Detente en este instante o sufre la medicina."

Hércules corrige a Brianna. "Consecuencias…"

"¿Qué?"

"Sufre las consecuencias o traga la medicina." Brianna presiona el botón del micrófono: "Quiero decir, consecuencias."

Caitlin le da consejos de vida a Theo. "Nunca salgas con un policía pomposo, Theo." Ella le hace señas con el dedo para que se acerque. Él acelera el motor. La bestia gruñona estrecha la brecha. Golpea contra el guardabarros. Se mantiene firme contra él. Vuelan chispas.

Theo pasa otro cambio. Se acerca, como para devorar al patrullero.

Hércules se despega y se cambia al lado del camión. Brianna empuja su rifle de acción de bomba por la proa, a través de la ventana abierta. Lanza un disparo que rompe el espejo lateral.

"Hey, sin lastimar a Houn' Dog," Caitlin grita, sin ningún efecto.

"Repito: tú en el camión grande que escapa. ¡Detente, ahora!"

Enfurecida, Caitlin se asoma por su ventana y contraataca.

El altavoz montado en el techo del coche patrulla, se rompe en pedazos.

Theo se alegra. Tira de la bocina de aire en victoria.

Brianna se las devuelve.

Caitlin se agarra la lengua. "Alguien necesita una revolcada."

Un segundo patrullero aparece detrás del camión. Parece que los policías pudieron llamar a otro, después de todo. Se une al alboroto de sirenas, bocinas y las graves tácticas de intimidación.

"Me están dando una migraña," lamenta Caitlin.

Theo hace una mueca. Pisa los frenos.

CRUJIDO.

El capó del patrullero vuela por el aire, lo que obliga al conductor a detenerse, y el rastreador del GPS cuelga por un cable durante un breve segundo, luego se cae.

Caitlin sigue empleando el humor ligero para enmascarar su ansiedad. "Segunda vez hoy dañando la retaguardia. Se está convirtiendo en un hábito."

"Dijiste que tenías seguro," le recuerda Theo.

"No sé si se harán cargo. Pero bueno, primero enfoquémonos en salir de este lío en una sola pieza."

Theo la lleva a su mundo. Examina el paisaje por delante de ellos.

Hércules acelera para alejarse del camión de dieciocho ruedas de Caitlin. Lanza una tira de pinches por la ventana, pero la puntería de Brianna es mala, y rebota torpemente en el costado del camión. Aterriza inofensivamente en el borde de la carretera. Lo que hace que Bri se enloquezca: "Para maldita sea, ahora mismo. Los fugitivos no pueden escapar del brazo largo de la ley, gente."

Theo ya tuvo suficiente. "Voy a sacarnos de esta interminable trampa de osos."

"¿Cómo?"

Theo respira profundamente por un momento. Agarra la mano de Caitlin para tranquilizarla. "Pase lo que pase a continuación, no te enloquezcas, ¿sí?"

Caitlin ríe nerviosa. "Un poco tarde para eso, amigo." La impresiona con una mirada sobria. "Bien, entonces - haz lo que debas, siempre y cuando sea legal y no terminemos enyesados en el camino de aquí a Kingdom Come."

Esta vez, ignora el intento de humor ligero. "Mantente tranquila, pase lo que pase," es la última pieza de sabiduría de Theo.

Algo en el tono grave mortal de su voz, le dice que esta es la única opción que tienen. Es mejor seguirlo. "Claro. Eres el jefe," titubea la voz de Cait. "Por ahora."

Miró un punto a través del patrullero justo delante de ellos, como si los rayos láser pudieran dispararse de repente desde sus ojos y destruirlo. Incluso mejor que eso —

El Volvo VNL 860 se desvanece inexplicablemente.

Se ha ido.

Hércules voltea la cabeza. "¿Qué?" murmura en voz baja. Va y viene de espejo en espejo, incapaz de comprender lo que le dicen sus ojos.

El patrullero se sale de la carretera, mientras Brianna se

desmaya del lado del pasajero.

Dos millas más adelante, Houn' Dog reaparece, solo. Theo toma el carril derecho. Reduce la velocidad. Caitlin está más que aturdida. Su voz entra en pánico. "Ooooo..."

Theo le dice: "Calma. Quédate conmigo, Cait." Ella hiperventila. "Respira... dentro... fuera... dentro..." Ella sigue mansamente sus instrucciones. "Muy bien: dentro... fuera... dentro otra vez... respiraciones profundas, no superficiales."

Houn' Dog zumba a lo largo de la carretera, todavía en modo crucero, y aparentemente tan real como hace un minuto. *A menos que - no, no lo pienses.*

Caitlin se calma. Al final se aventura a preguntar: "Jesús, José y María. ¿Dónde están?"

Theo hace una seña con el pulgar hacia atrás. "Un par de millas atrás."

En una voz diminuta que parece venir de otra persona que lleva su nombre, Caitlin pregunta: "¿Cómo diablos?"

"Es... complicado," es todo lo que Theo está dispuesto a decir. Observa una rampa de salida que se avecina. Prende el indicador. Se incorpora al bucle.

Caitlin se queda congelada en la incredulidad. Intenta hablar, deseando desesperadamente saber qué acaba de suceder, pero sin poder computar. *¿Cómo, qué demonios acaba de pasar? Eso es imposible* - pero su cerebro dice que *no*, y se niega a procesar cualquier especulación adicional sobre el asunto.

La rampa de salida lleva a Theo en un ángulo de noventa grados con respecto a su recorrido por la calzada. Supone que por ahora, una entrega tardía es la menor de sus preocupaciones, pero se abstiene de hacerle una broma al respecto a Caitlin.

"Nadie maneja a un dieciocho ruedas como un profesional, así como si nada," empieza de nuevo. "En cuanto a ese... *truco,* por favor explica. Incluso si no quiero oírlo."

Theo sopesa sus opciones. "Algunas cosas no se pueden entender con la mente, Cait."

"Inténtalo." Él la mira fijamente. Su dura expresión no debe ser descartada tan a la ligera. "¿Bueno?" exige una respuesta.

Theo se traga su palabra de maldición. "Cierto, entonces... aquí va: para decirlo en términos sencillos, aproveché un fallo en la Matrix, que me permitió saltar líneas de tiempo cuánticas."

"Espera... puedes manipular... el tiempo?"

"Cualquiera puede, Cait."

"Pero... ¿cómo?" Ella persiste. "¿Cómo de repente has adelantado mi camión a todos?"

"Sacando a Houn' Dog, y a nosotros, de su realidad."

Su explicación la confunde aún más, pero ella decide no seguir. Un dolor de cabeza es más que suficiente con lo que lidiar, por no hablar de esto, encima de todo.

La radio vuelve a la vida. Cait salta asustada.

Su canal de acceso ilegal de la policía envía otro anuncio avisando que los sospechosos buscados están armados y son peligrosos.

Mutua incredulidad de la dupla. "Buscados." Despacho avisa además las últimas coordenadas conocidas.

"Dado el Comité de Bienvenida que acabamos de tener, creo que lo mejor sería ir de incógnito," aconseja Caitlin a Theo.

"¿Volver a esconderse? Genial..." *No está contento con eso, pero aún así. ¿Qué otra opción hay?*

Caitlin marca la línea a otro canal privado. Habla con falsa ligereza en el micrófono de radio: "Hola, amigos. La mejor de las mañanas para todos."

Las respuestas cordiales de 'buenos días' vuelven a filtrarse.

"Tengo un pequeño 10-33 aquí."

Hay una ráfaga de estática, luego otra camionera ficha. "Todo Bien, Cait?"

"Hola, Hayley Smayley. Mi castor favorito. Gracias por volver. Estoy bien…. He tenido peores días."

"¿Qué pasa?"

"Larga historia. Solo necesito que me enfríen los talones un rato."

"¿Estás en problemas, chica?" Hayley pregunta.

"Más bien como en una trampa."

Hayley dice lo que piensa con esa brusca franqueza por la que los australianos son conocidos. "¿Ese gilipollas de tu ex novio ha vuelto a incumplir su orden? Le romperé la cara de apestoso si lo ha hecho."

"Sería algo simple comparado con esto."

"¿En serio? Está bien. ¿Hacia dónde te diriges?" Caitlin nombra su ubicación actual y su destino. "Ok… mira, espera un segundo."

"Claro, amiga."

Los altavoces de la radio silban silenciosamente mientras Hayley encuentra algunas soluciones en el otro extremo.

"Oye, Cait?"

"Sigo aquí," confirma Caitlin.

"Steve tiene alojamiento al oeste de ti. El maldito suertudo se fue a practicar buceo libre en las Bahamas. Lo tuyo es realmente cuidarle la casa una semana, pero yo no voy a regresar de mi recorrido por dos días. Puedes quedarte hasta que esto se acabe."

"Cariño, eres una enviada de Dios."

Hayley se ríe. "Cuando quieras. Te enviaré un mensaje de texto con la dirección y cómo entrar."

"Gracias por ayudarme, Hales."

"No hay problema. Mantente a salvo, chica."

"10-4, hermana."

Termina la llamada. En el acto, su móvil de manos libres vibra con el texto entrante de Hayley.

Desde el exterior, la casa de arte y artesanías de dos pisos de principios de siglo, no se vería fuera de lugar en ninguna revista decente de Homes & Garden. Un porche estándar de serie en tres lados, chimenea de ladrillo todavía en uso; amplio salón con puertas francesas y salida lateral; un sótano fresco para alimentos y alcohol con acceso interno y externo; además, un enorme granero a corta distancia, que es suficiente para un escondite temporal para Houn' Dog. También hay un pozo de agua, molino de viento, verduras crecidas, árboles frutales maduros, y un largo viaje en coche que serpentea hacia la carretera principal.

Después de absorber lo lindo de todo esto, el segundo aspecto que se hace muy evidente, es lo tranquila que es la propiedad por aquí. Incluso hay un dulce arroyo burbujeante al alcance del oído. Steve eligió sabiamente su 'alojamiento'.

En el salón, la luz de una antorcha de esquina baña la sala abierta en un cálido resplandor. Muchas generaciones han ocupado este lugar, y su presencia permanece en el mobiliario gastado, aunque modesto.

Theo descansa en una silla tapizada con respaldo alado. Caitlin mira las fotos de la pared de los hermanos - Hayley y Steve están en muchas. Luego hay algunas con sus padres; otras solo de él, atravesando las olas, o buceando. Varias con medallas en el cuello. Es como un santuario para todas las cosas del océano.

Caitlin se hunde en los cojines del sofá que no coinciden.

Parece estar deprimida.

"¿No eres una criatura de agua?" Theo observa.

"Me aterroriza el mar."

"Lamento oírlo. No soy un gran nadador en competiciones. Quiero decir, el crol de frente está bien, ¿pero de espaldas? Me choco contra cosas. U otros nadadores."

"Casi me ahogo cuando apenas tenía dos años. No lo recuerdo por supuesto, pero mi madre me rescató justo a tiempo. El mar irlandés no es lugar para una pequeña."

"A menos que tengas un deseo de muerte."

"Pensarías que no tener un recuerdo de una tragedia casi significaría que lo superé, pero…" Ella se detiene.

Theo asiente pensativamente pero no la molesta más. La observa tensarse con la espalda recta como una banqueta. "Por el amor de Dios, Caitlin - relájate."

Caitlin finalmente da voz a lo que la está molestando. "Dime algo, Theo. ¿Hay algo que no puedas hacer, en serio?"

Theo levanta una ceja. "¿Por ejemplo?"

"Bueno, cosas humanas."

"Crees que soy un robot, ¿es eso? O algún tipo de especie extraterrestre, tal vez."

El pensamiento se le había pasado por la cabeza. Como lo hace ahora. "Tal vez soy demasiado simple para entender cosas mecánicas cuánticas. Solo sé el lado de la ingeniería de ella - manos a la obra y eso. Pero de verdad, mi cabeza sigue dando vueltas sobre lo que hiciste allá atrás."

"Lo mismo pasa con Mr Universe y Crabby Patty en su patrullero. Quienes probablemente están agradecidos de que no terminaran al otro lado de un agujero negro."

"No te burles de mí."

"No lo hacía, Sra. O'Reilly."

Su tono sincero la convence. Ella cede. "Ok, entonces. Supongo que te creo."

"En cuanto a lo que no puedo hacer," continúa Theo, "muy honestamente, todavía estoy calculando eso. Sólo sé que no debo matar. Es como si eso estuviera grabado en mi alma."

Caitlin asiente. "Sexto Mandamiento."

"Y las multitudes no me emocionan exactamente."

"Entonces, ¿eres un aspirante a ermitaño?"

"Estoy bastante seguro de que mi destino no es un voto de silencio y vivir en una cueva hasta que muera."

Caitlin inconscientemente agarra su medallón de San Cristóbal. "Amén a eso, hermano."

Theo nota el gesto. "¿El amuleto de la buena suerte?"

"San Cristóbal es el Santo Patrón de los Viajeros. Él me ayuda."

"Me alegra que algo lo haga."

"Yo también. Pero…" titubea. Theo espera a que el otro zapato se caiga. Ella lo mira con incredulidad. "¿Cómo puede alguien aprender esas cosas tan rápido? Es como si fueras una máquina."

"Las máquinas no tienen hambre."

"¿Entonces no eres un genio robot adolescente?"

Se burla. "Ojalá. Si yo fuera Robo-Theo, no tendría necesidad de comida."

Se lleva las manos a la boca. "Oh, lo siento mucho. Aquí estoy yo hablando de superpoderes de héroes y eres un niño hambriento con un estómago sin fondo."

Ella salta y se dirige hacia la cocina. Theo la sigue.

"Está bien, pero ahora que lo mencionas, estoy bastante hambriento."

Caitlin explora la pequeña mesada. "Vamos a ver si Steve es generoso en el departamento de alimentos. Algunos tipos son buenos cocineros."

"Comeré cualquier cosa, pero preferiblemente no más cosas en lata o Chile Con Carne. Estoy harto de eso."

Caitlin abre las puertas de las alacenas; encuentra una pila ordenada de enlatados, legumbres secas, pasta y otros elementos básicos en una de ellas.

Mira alrededor del impecable fregadero. Mira por debajo.

Descubre un congelador, repleto de comidas caseras a granel. "Lotería."

Agarra unas cuantas. Muestra la de Pollo al curry y la vegetariana a Theo, que apunta a esta última.

"Usemos el Nucle-o-metro." Ella les saca la tapa de plástico y las pone en el microondas de convección. Establece el nivel de recalentamiento y el temporizador. Presiona Inicio. Busca en otras alacenas y saca dos platos de papel y utensilios de camping para comer. Los coloca en bandejas.

"Esta noche cenamos como la realeza," declara.

Después de cenar, Caitlin pone un saco de dormir y una manta en el sofá para Theo. Los cojines son suficientes para las almohadas, y ella coloca una gran toalla de baño sobre el reposabrazos.

El desenchufa su celular de una toma de corriente. Se lo mete en el bolsillo.

"Oye, Theo. ¿Qué hay de esa llave? ¿Cuándo estabas encima de Houn' Dog?"

"Una llave extra de nuestro garaje," responde Theo.

Ella aplaude sus manos con alegría. "Eso es *muy* genial, amigo." Entonces se calla. "¿Alguna idea de lo que pasará con tus padres? Supongo que no va a haber una forma segura de que llegues al funeral". Su expresión afligida descarta esa noción. "Es horrible no poder despedirse personalmente."

"De ninguna manera eso puede pasar, sin antes entregarme."

"¿Lo considerarías… como una canje?¿Si estuvieras obligado a hacerlo?"

"¿Pensé que teníamos un trato?" Dice Theo.

"Oh, yo no, sol. No soy un narco. Pero como, por razones éticas."

"No. El juego final es demasiado arriesgado para sabotear tan fácilmente."

"¿Qué es, qué?" Su curiosidad es aguda.

Busca en el aire, como si esperara encontrar la respuesta. "Supongo… supongo, es para demostrar que todos tenemos dones dentro de nosotros, en nuestro destino, para utilizar en esta vida. Hacer del mundo un lugar mejor por haber estado aquí. Sí. Aunque quizá no tan raro como el mío."

De repente golpea sus manos contra sus piernas. "Bueno, basta con la charla. Me estoy entregando a la noche." Se pone en posición vertical. Estira sus extremidades. "Siéntete libre de tomar una ducha rápida antes de mí o una más larga por la mañana - pero por ahora, reclamo primero el baño. La prerrogativa de la mujer."

"No te ahogues. Cuidado, ya sabes lo que algunas personas pensarían de un adolescente salvando a una mujer descarada de irse por el desagüe."

Se ríe a carcajadas.

Caitlin se acerca hacia los grandes ventanales. Desata la cinta de amarre y corre la mitad a lo largo de la varilla. Cruza delante del panel para agarrar el otro lado.

¡CRACK! La ventana cruje.

¡PINK! ¡PTUNK! ¡PTOO-TOO-TOO!

Fragmentos de vidrio se pulverizan por el salón y Caitlin se lanza hacia atrás. Se estrella contra la alfombra - sin vida. La sangre brota de su cara.

7

Amortizar

Theo se levanta, cae sobre sus rodillas y grita: "¡Noooo!" La luz de vehículos paramilitares y Humvees afuera, impregnan el salón en una dura quemazón.

Se agacha contra el suelo y se arrastra hacia su cuerpo. Los ojos abiertos de Caitlin miran al olvido. Se los cierra suavemente con una mano temblorosa. "Beannacht dé leat, Mathair bheag."

Le arranca el San Cristóbal ensangrentado de su cuello y se guarda el medallón en su bolsillo mientras se apresura a incorporarse.

Las balas se disparan y vuelan a su alrededor. Se dirige a la derecha. Otra volea impide la salida de Theo del infierno. Atrapado, se agacha en posición fetal, esperando a que la muerte se lo lleve. *Que sea rápido, desea fervientemente, por el amor de todo lo que es bueno en el mundo. Una muerte prolongada sería demasiado dolor para una persona.*

Las armas dejan de arder y un Agente del Swat grita través de un megáfono. "No puede escapar, señor Jessup."

El celular de Theo vibra en su bolsillo. Automáticamente

lo saca, lee el siniestro mensaje en la pantalla: **Eres hombre muerto**.

Furioso, Theo arroja su celular con fuerza contra la pared del fondo, donde se rompe en pedazos.

El Agente del Swat grita: "Ríndete, Theo. Tienes treinta segundos para rendirte. Pon las manos donde las podamos ver y sal." No hay movimiento de su objetivo. "Veinte... arrastrando los pies o moviendo la cola, vamos a ir por ti."

Theo responde: "¡Vete al diablo!"

El Agente del Swat no tolera nada de eso. "No intentes ser inteligente, hijo. No eres del tipo. Los mártires no hacen buenos héroes." No hay respuesta de Theo. Luego, con un rugido primitivo que haría orgulloso a un león, se levanta en sus pies y se dirige fuera del muro.

Sorpresa absoluta por parte del equipo Swat. Su lento tiempo de reacción acerca peligrosamente al adolescente enfurecido, pero otro rugido de disparos detiene el desenfreno de Theo. Baila como un muñeco de trapo electrocutado, balas de plomo cosiendo agujeros a lo largo de todos sus seis pies.

Se estrella contra el suelo con un ruido sordo y yace allí, completamente quieto. Ahora, hay dos cadáveres, en lugar de sólo uno.

En el salón, Theo sacude rápidamente la cabeza para despejar esta horrible visión. Conmocionado, respirando con jadeos irregulares, con lágrimas cayendo libremente, se levanta dolorosamente a sus pies y se estira agitando las manos por encima de su cabeza, como un prisionero de guerra rendido. Lentamente sale por la ventana rota hacia el círculo de espera de los agentes armados, todos con sus armas apuntándole. Se tambalea hacia el grupo. Para. Se balancea sobre sus inestables pies.

Un par de Agentes (uno, pelirrojo) se acercan rápidamente para apoyarlo de cada lado, antes de que se derrumbe del agotamiento. Guían a Theo hacia un todoterreno que lo esperaba, mientras los otros militares armados se apresuran a entrar para registrar el lugar.

El Agente pelirrojo empuja a Theo dentro del vehículo sin marcas.

Delante, el Dr. Hunter mira a Theo a los ojos por el espejo retrovisor.

Una sonrisa aceitosa serpentea sobre sus labios. "Bueno, bueno. Si no es el joven Sr. Jessup. Ha pasado demasiado tiempo. Eres un cliente bastante resbaladizo, ya sabes."

Los ojos de Theo emanaron odio hacia Hunter, a quien le causa mucha gracia la reacción que su repentina aparición ha causado. "Todo es justo en el amor y la guerra, Theo. Nada personal. Solo recolecto lo que se me debe."

Theo no lo compra.

Un agente itinerante llamado Briggs, golpea la ventana tintada. Hunter la baja. Briggs mantiene en alto la mochila de Theo. "Encontré esto, señor. Creo que es del chico."

"Buen hallazgo, Briggs." Se lo arrebata con codicia al agente.

Para Theo, Hunter afirma: "No vas a necesitar esto." Ni tú tampoco, responde Theo en voz baja. "Eso es todo lo que poseo. Mis posesiones mundanas están ahí."

Hunter lo mira. "Vaya, tantos objetos de valor incalculable, aquí dentro. Debes tener mucho dinero," se burla.

Theo permanece mudo. Hunter observa al niño destrozado en el espejo retrovisor. De vuelta a la pequeña mochila. Él cede. Arroja la mochila a Theo. "Cualquier estupidez, y te destriparé como a un pez."

El agradecimiento de Theo es apenas audible. Abraza la mochila con fuerza. Es su único consuelo.

Hunter se vuelve hacia Briggs. "Que quede limpio."

"Sí, señor," saluda y se marcha.

La ventana se cierra.

Hunter enciende el motor. Da una vuelta de tres puntos y se mueve de nuevo a lo largo de la larga calle hacia la carretera principal - no tiene prisa, en absoluto, ahora que consiguió lo qué buscaba.

Los otros vehículos se alinean, mientras llamaradas salen desde las paredes de la casa, que se reflejan en las ventanas tintadas del todoterreno.

Hunter llama a Rusty. El renegado se toma su tiempo para responder, bostezando y rascándose su anidado cabello.

"Bienvenidos a Hungry Jacks. ¿Qué ordenas?" pregunta con lentitud.

"Déjate de tonterías. Mira a quién encontré." Gira la cámarahacia la parte trasera, donde el desolado Theo mira a Rusty.

"¡Santo Batman y Robin! Tienes al chico." El viejo se endereza, de repente despierto.

"A diferencia de algunas personas, Russell, yo hago lo que me piden."

"Sí, señor. Deberías haber sido un mercenario."

Hunter continúa. "Por derechos, debo retener tu cuota de buscador."

Rusty se retuerce. "Ah, pero no lo olvides, soy tu primera historia de éxito real, Doc. Testimonio adecuado, comprobado y verdadero."

A lo lejos, las sirenas desnudan la noche. Hunter enmienda sus planes: "Nos reuniremos una vez que estemos en un terreno más estable. Lugar a confirmar."

"Entendido. Mantén tu polla arriba, y tu billetera —"

Hunter le corta. Toma velocidad, con la esperanza de estar en la carretera principal antes de que las autoridades los detengan, pero su pequeño convoy se encuentra con un grupo de servidores de primeros auxilios, con los coches del escuadrón local.

Mierda.

Hunter avisa a sus operativos a través de walkie-talkie: "No hagan nada, gente. Déjenme hablar a mí."

Todos los miembros de su equipo respondieron "Entendido."

Viendo el patrullero del sheriff acercándose a él, le indica a Theo que se agache. El adolescente cumple obedientemente.

Hunter busca mentalmente posibles vías de escape, pero se ve frustrado cuando su SUV corta a mitad de un giro, y se detiene sobre el césped. Intenta encenderlo. No hay respuesta de su máquina. "Idiota tecnología moderna."

Detrás de él, el vehículo de su equipo se detiene, esperando la próxima decisión de su jefe. Hunter desactiva el motor. Espera unos segundos y, a continuación, pulsa repetidamente el botón de Inicio.

Theo se asoma lentamente. Una sonrisa benigna arruga su cara agobiada.

El líder de la guardia local es el sheriff Grant Woodruff, que tiene unos 40 años, con dos de sus ayudantes - el novato Tuttle y la apabullante ex-atleta Sasha, en sus 30 años. El trío forma un bloqueo - Woodruff mueve su coche para colocarlo en ángulo, mientras Tuttle y Sasha se colocan a su lado.

Hunter gruñe. Se obliga a sí mismo a mantener la calma.

Usando la puerta de su chofer como cubierta, Woodruff sale de su coche de patrulla. Tuttle y Sasha sacan sus pistolas de emisión estándar para cubrir su espalda al acercarse al todoterreno de Hunter.

Woodruff indica con su pistola que Hunter baje su ventana.

El médico cumple, levanta las manos con deliberada despreocupación.

"¿Tienes ID?" Woodruff no se anda con rodeos. Hunter muestra su placa de trabajo. "Un poco tarde para las llamadas domiciliarias, doc."

"Llamada de emergencia, oficial," dice Hunter.

"¿Eso requería el uso de vehículos blindados y militares?"

"Preso político, señor. No puedo correr riesgos, estos días."

"Sigue cavando ese agujero, amigo. Si ese es realmente el caso, nosotros nos hubiésemos enterado primero."

Hunter finge ignorancia. Woodruff no está convencido. Los agentes corruptos lo hacen ver rojo. "Salga. Si usted o sus matones tratan de probar su suerte, el fiscal de distrito se estará riendo hasta llevarlos a la silla eléctrica. ¿Soy claro?"

"Sí, señor." Hunter salta. Los policías estatales se acercan. Un par de la banda de Bradley esperan su permiso para ir a la ofensiva para salvar su trasero, pero el doctor les lanza una advertencia para que desistan.

Tuttle detecta el movimiento de Theo en la parte de atrás. Se acerca con cuidado a la puerta lateral del todoterreno. "Tú, en la parte de atrás. Por favor, sal del vehículo."

Theo abre su puerta. Mira a Tuttle, que se retracta al ver las características inusuales de Theo.

El adolescente se tranquiliza, con las manos en alto.

"Uh, ¿sheriff…?"

Woodruff se gira. Reconoce a Theo. "Maldita sea. Ese es el chico de nuestro boletín de Personas Desaparecidas." Miradas de ida y vuelta entre Hunter y Theo. Luego hace clic. "Déjame adivinar: el dinero habla y el sujeto camina, ¿no? 20 mil dólares de recompensa no es malo para el trabajo de un día." Sonrisas falsas de Hunter. "Así que, vamos a comprobar su" - tos - "*historia* - en la estación."

La desagradable sonrisa se desvanece. Se da cuenta de que el sheriff conoce su juego, así que cambia las tácticas. Usa su tarjeta de "inocente atrapado en el fuego cruzado." "Soy tan honesto como que el día es largo. Juro por Dios," protesta Hunter.

"Nunca escuché *esa* antes." Woodruff indica que se dé la vuelta. Hunter cumple a regañadientes. Woodruff empuja la cabeza de Hunter hacia el capó del coche patrulla.

El doctor gruñe fuerte. El Sheriff le pone las esposas. "Siempre me dan a las reinas del drama," murmura Woodruff. Luego se dirige a Sasha. "Una vez que hayas terminado de procesar a todos, Theo puede volver a casa conmigo."

"Suena bien, jefe."

En algún momento alrededor de la 1:15 am, el Sheriff abre la puerta de su cómoda casa Americana, y le pide al ya desgastado Theo que entre. Rápidamente cierra la puerta detrás del niño, antes de que los insectos tengan la oportunidad de meterse en el interior.

"Siéntete como en casa, Theo." El adolescente traumatizado se queda quieto.

Al oír la voz de Woodruff, su esposa Emily entra en el pequeño salón. Ata su bata alrededor de su cintura y sofoca un bostezo. El cabello descuidado derramándose sobre sus hombros tiene vida propia.

De repente, Theo ve a su madre en lugar de a Emily. La visión lo asusta. Él se vuelve hacia el cerrojo de su casa. Woodruff posa una mano consoladora en el hombro del adolescente.

"Estás a salvo aquí, hijo. Confía en mí."

Theo busca en la cara del sheriff una medida de consuelo. Parpadea un par de veces para asegurarse de que no está viendo cosas. Se siente un poco aliviado al ver que *no* es el rostro de su padre mirándolo seriamente.

Emily pellizca la mejilla de su marido. Hablan en voz baja. "¿Pensé que no volvías hasta las 5?"

"Me fui temprano. Por buen comportamiento."

Ella la deja pasar. Al ver que Theo está inmóvil, pregunta: "¿La juvenil esta fuera de las camas, esta noche?"

"Es una emergencia, Em."

No la conmueve. "Tu otra 'emergencia' duró ocho semanas."

"Por ahora estamos alineados. ¿Todavía está esa ropa de cama en la cama plegable?" Ella lo mira fijamente. Ruega con ojos suplicantes: "¿Por favor?"

Emily titubea, dividida entre su deseo de pasar tiempo con su marido, y ayudar a lo que parece ser una necesidad legítima. "Espera un minuto, iré a ver."

Ella se da vuelta y desaparece en el dormitorio de visitas. "Amo a esa mujer, pero a veces cree que traigo a casa demasiados callejeros, como ella los llama."

Desde la otra habitación, Emily regresa: "En medio de la noche, nada menos."

Theo finalmente encuentra su voz. "Está bien. Puedo dormir en el porche - o en la jaula del perro, si eso la hace feliz. De lo contrario, soy más que capaz de pagar a mi manera."

"No oiré hablar de ello," Woodruff lo regaña suavemente. "Podría perder de vista nuestra posesión más preciada - tú. Y no hablar del frío que hace fuera."

"No me molesta. Soy el mejor amigo de frío." Escuchando su

conversación, Danny - el hijo hispano adoptado de cinco años de los Woodruff - asoma la cabeza a la vuelta de la esquina.

"Papi, no puedo dormir," se queja en voz baja.

"Oye, tigre."

Él extiende sus brazos. Danny se topa con ellos. Woodruff lo recoge en un abrazo de oso. El niño se abraza con su padre, por un largo tiempo.

Theo se marchita dentro.

"¿Recibiste tu chocolate caliente, la historia para dormir y el masaje en la espalda de mamá?" El padre de Danny pregunta. Danny asiente con la cabeza. "Bueno, eso debería haberte dormido, hijo."

"Lo hizo, pero tuve una pesadilla," confiesa solemnemente al oído de Woodruff.

"¿Ah...? No es bueno."

"Sí, pero mamá ahuyentó a los monstruos."

"Bien por mamá." Woodruff lo baja al suelo. "Danny, este es Theo. Se quedará con nosotros por un tiempo."

"Hola," susurra Danny, de repente tímido.

Theo se agacha a la altura de Danny. "Oye, Danny. Es un placer conocerte."

"Tienes unos ojos de colores graciosos."

"¿Si?" Theo sonríe ampliamente, con la esperanza de encantar al niño pequeño.

"Danny - cuida tus modales, joven," Woodruff le enseña. Pero Danny continúa.

"Pero nunca antes había visto ojos violetas, papá."

"Sabes los colores," le elogia Theo.

"Conozco todos los colores del arcoíris," comienza diciendo Danny contándolos con los dedos mientras recita: "Rojo, naranja, amarillo. Verde, azul, índigo y violeta."

"Eso es tan inteligente."

Danny responde. "Lo sé. ¿Eres mágico?"

"Puedo hacer un poco de hocus-pocus."

"Genial. ¿Puedes enseñarme cosas? Solo conozco dos trucos de cartas."

"Tal vez mañana después de la escuela si todavía estoy por aquí. ¿Cómo suena eso?"

"¡Sí!" Danny está feliz de haber hecho un nuevo mejor amigo.

Emily se vuelve a juntar con ellos. "Está todo listo."

"Mami, voy a ser un mago como Theo."

"¿Si? Eso es genial, pero por ahora, es hora de volver a la cama. Di buenas noches."

Danny regresa y se dirige a Theo y a su padre. "Buenas noches, buenas noches."

Theo devuelve el saludo. "Buenas noches, Danny."

"Buenas noches, hijo," dice Woodruff.

Danny vuelve a su habitación. Emily lo sigue. Theo los ve irse. "Ah, la inocencia de la juventud."

"Sí. Podría embotellarla, para siempre." Woodruff tararea.

"Mira, lo siento por el distanciamiento de Emily. Tiendo a llevar mi corazón en la manga un poco."

"No es ningún problema señor."

"Prefiero Grant."

"Grant. Tienes una familia maravillosa. Atesóralos, siempre."

Woodruff recoge la mochila de Theo. "Sabias palabras, Theo. Vamos a descansar un poco. Tengo un montón de papeleo para procesar por la mañana. Te mostraré tu habitación, y cómo funciona la ducha. A veces se traba."

"Gracias. Me vendría bien un enjuague rápido."

Al día siguiente, hay una gran carpa azul, a mitad del porche de la casa de campo, que cubre parcialmente la ventana destruida. Pequeños conos fluorescentes, líneas de soga y etiquetas numeradas marcan la evidencia circunstancial del tiroteo. Un fotógrafo de la policía toma múltiples fotos en una cámara digital con una lente pesada.

Tres patólogos forenses vestidos de blanco, inspeccionan las instalaciones dañados por el fuego, con una precisión casi microscópica.

Más atrás, un forense llamado Mason, cierra la bolsa del cuerpo.Tiene extra cuidado al cerrar, al pasar por las heridas faciales cosidas de Caitlin, ofreciendo en silencio una bendición de paz, por lo bajo; luego sus dos asistentes cargan su cuerpo en una camioneta, mientras Woodruff se dirige a Mason.

"¿Cuánto tiempo llevará?"

"Caso abierto y cerrado. Deberían liberarla a las diecisiete horas."

"Entendido, le habré notificado a su pariente más cercano antes de eso."

"¿Y el chico?"

"Insistí en que se hiciera un chequeo médico después del desayuno esta mañana, pero se negó."

Mason pregunta. "¿Por qué?"

"Afirmó que no había un rasguño en él, en ningún lugar."

Mason mira el salón desordenado y el marco de la ventana del frente roto en pedazos; el escepticismo se extendió por su rostro aguerrido.

"Lo sé," reconoce Woodruff. "Mis pensamientos, exactamente. Aún así, tendré que traerlo a la estación para que haga una declaración y entrevistarlo en cuanto esté libre. Podría tomar unas horas."

Luego señala el granero cerrado. "También está el diminuto

asunto del camión de Caitlin. Va a ser una entrega más que tardía."

"Suena un poco como el servicio postal, ¿no?" Mason bromea. "¿Alguien le ha informado a su jefe?"

"Tuttle hizo una llamada de cortesía, antes. Está en shock, por supuesto; ella era una de sus mejores. Como familia. Están enviando a alguien más tarde a identificar a la Sra. O'Reilly - no recuerdo el nombre."

Mason estira su mano. Woodruff la estrecha. "Gracias, Mason. Estaré en contacto."

"Sheriff." Salta en su furgoneta forense y se va.

Llega un cerrajero móvil, y Woodruff echa para atrás las puertas del granero para permitir el acceso a la carga de Houn' Dog. Un poco de forcejeo con las herramientas adecuadas y el candado cae al suelo. El sheriff levanta la barra y abre una puerta.

En su interior se encuentra un envío de banderas, banderines, globos y serpentinas.

Woodruff está asombrado. "Alguien estaba planeando una fiesta de bienvenida a casa."

De vuelta en su casa, la cerradura de la puerta se gira y Emily entra con comestibles extra. Ella empuja la puerta cerrada con su trasero. Grita: "Theo - Me las arreglé para encontrar algunos embutidos vegetarianos. Espero que sean los que te gustan."

Sin respuesta.

Apoya las bolsas de comida en el mostrador de la cocina y se marcha en búsqueda del adolescente. Asoma la cabeza en la habitación de visitas. Nada. Vuelve a salir.

"No tengo tiempo para una persecución de salvajes."

Ve una nota de papel doblada sobre la mesa del comedor,

dirigida a los Woodruffs. La recoge. Dos billetes de cincuenta dólares crujientes caen.

Emily lee para sí misma: "Perdón por salir corriendo, pero tengo que mantener mi cita con el destino. Por favor, compren a Danny un set de magia con uno de los billetes de cincuenta y guarden el otro por mi alojamiento. Lo mejor, Theo."

Ella está confundida por su cambio de planes, y se siente un poco culpable por cuestionar su derecho a quedarse.

8

Epifanía

En un centro de transporte de tránsito de tamaño medio, un autobús se detiene mientras la agencia de viajes registra apresuradamente a la última pasajera - Elisabeth Eminger, una joven de ochenta años.

Su equipaje consiste en una maleta de color parquet, además de un gran bolso de hombro que abulta a su lado. El asistente de servicio de la compañía de autobuses la empuja hacia el vagón derecho y las puertas se cierran. El Detroit no pierde tiempo entrando en la autopista.

Theo descansa en un asiento de la ventana con los ojos cerrados. Su siempre presente mochila se sienta en el asiento a su lado.

Elisabeth escanea las filas medio vacías en busca de un lugar donde sentarse. Ella se detiene frente a él; su mirada traviesa mira a través de las gafas de media luna a su forma dormida, y espera a que él reconozca su presencia.

Percibiendo a alguien ahí parado, finge dormir, así que ella lo anuncia con un acento alemán recortado: "Perdóneme por entrometerme, joven. Veo que eres Escandinavo, ¿no?"

Los ojos de Theo parpadean. Ella señala el asiento a su lado. "¿Puedo?"

Se sienta erguido. Traslada su mochila al piso, con un silencioso gruñido de desaprobación.

"Gracias," dice mientras se sienta a su lado, y se lanza en su discurso. "Soy Elisabeth Eminger. Alemana. Viajera solitaria descubriendo el mundo en mi año 80, después de que mi amado Herbert falleciera hace quince meses. ¿Y tú eres?"

El tono amigable, aunque firme, de su voz sin tonterías, le recuerda a Theo a una maestra escolar. Sin el encanto. Él sonríe ante ese pensamiento. "Soy Theo. Theo Jessup."

Inclina la cabeza hacia un lado, como un Labrador inquisitivo. "Hmm. Los nombres insólitos me fascinan." Elisabeth cierra los ojos. "Theo… 'don divino'. Jessup… Representa la pronunciación habitual del nombre 'Joseph' en la Edad Media, o 'Yosef', derivado del hebreo, que significa aumentar - o añadir -otro hijo." Ella mira a Theo. "Un poco joven para estar pensando en la paternidad, espero. ¿Tienes novia? Un tipo guapo como tú seguramente no tendría problemas para encontrar una cita."

Se resiste a su acercamiento directo, sin embargo, se siente a gusto con su actitud amistosa, sin tonterías. "Nadie realmente me llamó la atención aún."

"Mi Herb solía decirme: 'Beth' - odiaba ese nombre - 'Beth, cuando alguien te echa el ojo alegre, no asumas que es para casarse'." Su acento británico que imita a su difunto esposo, es perfecto. "Era el enemigo del Reino Unido. Así que cuando anunciamos nuestro compromiso, nuestros amigos y familias inmediatamente nos rechazaron. Por supuesto, hicimos lo que haría cualquier pareja de recién enamorados que se respetaran a sí mismos en nuestra situación - nos fugamos." Ella se tienta por la memoria.

El interés de Theo es agudo. "¿Puedo preguntar qué le pasó?"

"Se lo llevó un ataque al corazón. Hoy en día, lo llaman un evento cardíaco. Como si se tratara de algún concierto o una obra de teatro, en lugar de que una persona muera."

"Espero que se haya ido rápido."

"Oh, ja. Estaba aquí en un minuto, y se fue el siguiente - ¡bum!" Ella aplaude con inteligencia sus manos.

"Si se me permite decirlo, no parece estar muy molesta por ello, Fräulein."

Elisabeth aprieta los labios. "Bueno, si estoy siendo sincera, no fue inesperado. Antes hubo advertencias. Temblores, se podría decir. Pero la humanidad puede ser un poco lenta en hacer caso al mensaje. Y en Herbert, dios bendiga su alma, no fue diferente."

Saca grandes agujas de tejido y una madeja de hilo de su bolso de hombro. Teje sin mirar. Ahora que tiene una audiencia cautiva, realmente da su paso: "Después de que se resolvieran los problemas familiares y legales, decidí que ya era hora de explorar lugares de los que más que nada había leído. Vendí, y empecé." Sus ojos brillan. "Pensé que podría mostrar al mundo que hay más en nuestra cultura que la lógica teutónica y un aparente complejo de culpa de la Segunda Guerra Mundial."

"¿Cómo un talento prodigioso para el estilo Kaffe Fasset de tejido?" Theo se burla.

"Efectivamente. Cambiando el mundo, una creación loca a la vez." Su glorioso cacareo es ruidoso y duradero. "No, es una buena manera de mantener la artritis en mis dedos y codos a raya en viajes largos por carretera." Ella pone el tejido en su regazo. "¿Te importaría ser un burro para mí, Theo?"

Dudando de su extraña petición, todo lo que puede decir es: "¿Ok?"

"Haz esto, por favor," ordena, sosteniendo sus manos como una persona a punto de ser arrestada. Él copia su movimiento. Ella desliza su madeja sobre sus brazos extendidos. "Mucho mejor. Gracias."

Está aliviado de que no haya sido nada raro o siniestro. "Ni lo menciones."

Elisabeth reinicia el tejido. Sin pausar su ritmo de clic-clack, declara: "Sólo quedan cinco horas y media. Sin incluir descansos."

"Dos y un poco para mí."

La comisaría es una reliquia de principios de los noventa - considerada ultramoderna en la época en que se construyó, pero cada día más degradada. Sin embargo, a pesar de que necesita una pincelada, el interior está impecablemente limpio; el aire acondicionado zumba; y el hacinamiento de Oficiales, personal, visitantes, prisioneros o quienes esperan a ser procesados dentro o fuera, funciona bien cuando está meticulosamente organizado y funcionando a la hora prevista.

En el pasillo de las celdas de retención, un corpulento guardia de vigilancia acompaña a Tuttle y Sasha mientras avanzan por el pasillo. Los brillantes ojos de Hunter & Co. los siguen.

Comenzando en la celda final, los alguaciles desbloquean primero las puertas, luego las esposas individuales.

Durante unos segundos, nadie sale, inseguro de lo que está pasando. Mientras desbloquean la celda de Hunter, Sasha da voz a su deseo de libertad, así: "Bradley Ian Torrance "Chuck" Hunter, eres libre de irte."

Un momento de incomprensión mientras Hunter espera a que el otro zapato se caiga, o alguien grite que ha sido engañado en un programa de televisión, pero no llega. A medida que sale, su racha regresa - él y sus cohortes son libres. "Ya era hora. Tengo clientes VIP esperándome en la clínica," presume, pavoneando junto a Sasha, regresando a la recepción. "Estarán muy contentos de que sus costosas citas se cancelaran sin previo aviso porque un simple sheriff se extralimitó en su autoridad."

Sasha no se inmuta. "Estoy seguro de que tu asistente personal puede reprogramarlos."

"No compensará el tiempo perdido. Tal vez tenga que facturar al Departamento de Justicia. Tal vez incluso demandarlos."

"Yo no lo haría, señor. Está en la opinión del fiscal de distrito que todos ustedes están siendo liberados."

"Entonces, ¿hay algo de compasión en él? Raro para el departamento 'justicia'."

"Ella…" enfatiza, mientras los arrastra de vuelta al área de recepción.

"Aleluya y páseme mi estetoscopio."

Tuttle apunta a la puerta de salida. "Por aquí, amigos. Hasta el estacionamiento del sótano. Los llevaremos de vuelta a sus vehículos, lo antes posible."

En el hueco de la escalera se encuentran con Woodruff subiendo las escaleras. El sheriff está más que enojado -para regocijo de Hunter- mientras se dirige a Tuttle en un tono apenas audible. "Será mejor que esto sea bueno."

"Señor, alguien pagó la fianza."

"¿En serio? Me estás tomando el pelo."

"Pagado vía bitcoin," continúa Tuttle. "Todo. Llegó no hace ni diez minutos."

Woodruff mira a Hunter. *Tanto dinero para un idiota.* "Mi abogado se encargó de ello, pero podría salir con tu fiscal de distrito, para mostrarle mi agradecimiento."

"Lo siento señor, no le gustan los enfermos." Sasha se levanta, negándose a morder el anzuelo.

"Una vergüenza," olfatea Hunter. "Ella no sabe lo que se está perdiendo."

"Bastante segura de que lo hace."

"¿Eres su mujer?"

"Su sobrina, idiota."

"Claro. Tensa, ¿no? Probablemente hormonal. Yo puedo recetarte para eso si quieres".

Todos llegan a la camioneta blindada de transporte. Hunter se vuelve hacia Woodruff, una sonrisa sardónica recorriendo su rostro. "Nos vemos, sheriff."

Hunter silba mientras sube a bordo de la camioneta. Le siguen sus perdedores amigos. Un oficial cierra la puerta detrás de ellos y golpea el lado del conductor. Mientras la camioneta se pone en marcha, el trío justifica sus sentimientos sobre Hunter y su banda.

"Ese me da escalofríos," observa Sasha.

"Da mala fama a los fanáticos, seguro." Tuttle está de acuerdo. Woodruff tiene la última palabra: "Si encuentro la más mínima cosa de negocios turbios de su pasado -¡cccckkkk!" Se pasa un dedo rápidamente por la garganta.

En una carretera rural fuera de la ciudad, pasan el todoterreno de Hunter y dos de los vehículos paramilitares.

Actualiza a Rusty a través de una videllamada. El hombre obeso está impresionado con el monto de la fianza. "¿Doscientos cincuenta mil? ¿El chico de cara pálida vale tanto para ti?"

"Para Prymus, lo vale. Podría hacerlos mundialmente famosos. Con mi nombre estampado por todas partes. A perpetuidad."

"Supongo. Entonces, ¿estamos bien?" se aventura a preguntar.

"No. Tienes que moverte y encontrar al chico. Ya que sigues siendo mis ojos y oídos ahí fuera, esta vez - No lo hagas. Al diablo. Arriba."

"Roger Rabbit. Es decir, Roger Dodger."

En una parada de descanso de la autopista, hay un retén temporal, con conos de tránsito y un par de oficiales haciendo señas al tráfico ligero haciéndolos hacia un lado. La cola que se forma tiene una longitud de seis vehículos, e incluye el autobús de Theo y Elisabeth, donde esperan pacientemente su turno para ser inspeccionados.

El conductor del autobús informa a los pasajeros de este último desarrollo: "Nuestras disculpas por las molestias, amigos, pero no tenemos control sobre paradas no programadas de esta naturaleza."

Hay murmullos tranquilos de algunos de los pasajeros. "Sí aconsejamos asegurarse de que su cinturón de seguridad está abrochado," añade el conductor, "ya que la gran multa instantánea si te pillan sin este, probablemente arruinará tu día."

Algunos a bordo se apresuran a ponerse sus cinturones.

Por delante de ellos, dos soldados más completan su evaluación visual de un vehículo de personas, para después acercarse al autobús.

Tras haber notado a las autoridades, Theo se da cuenta de que si esto se sale de control y necesita escapar, puede que tenga que hacerlo, una vez más. A pesar de haber salido adelante hasta ahora, sigue siendo desalentador darse cuenta de que es una persona buscada, y que las fuerzas del orden están a la caza, 24/7.

Preocupado por su falta de opciones alternas, se distrae concentrándose en Elisabeth, quien toma la interrupción de su día, con ecuanimidad.

Click-clack-click-clack.

"¿Alguna vez te preocupas por saltearte una puntada o perder la cuenta de las filas?" Theo pregunta ingenuamente.

Elisabeth lo mira, en desaprobación. Como si eso estuviera por debajo de ella. Sonríe tímidamente. "La práctica hace la perfección. Correcto."

"Práctica *correcta*, Theo," le reprende en voz baja. "Mucha y mucha práctica."

Un soldado sube a bordo para interrogar al conductor del autobús. "¿Algún pasajero que actúe sospechoso, se vea fuera de lugar o se va con prisa?"

El conductor del autobús es inflexible y tal cosa nunca pasaría bajo su vigilancia. "No, señor. Todos los presentes están contabilizados, según el manifiesto."

"¿Todavía usas uno de esos?"

"La oficina de reservas sí. Simplemente comparo sus números de boleto con mi aplicación."

El policía le muestra un bosquejo de Theo. Parece haber sido dibujado por un alumno de quinto grado, de lo mal hecho. Recortes presupuestarios.

Agita la cabeza en negativo. Hace gestos al soldado para que inspeccione el autobús por sí mismo.

El soldado carraspea. "Solo estamos llevando a cabo una revisión de rutina aquí gente. Nada por qué alarmarse."

Poco a poco va por el medio. Observa los rostros de los ocupantes a su paso.

Elisabeth reflexiona. "Me pregunto ¿a quién estará buscando? El mundo es un lugar divertido. Nunca se puede estar demasiado seguro de los extraños."

Sintiéndose tranquilizado por su visión humorística de la vida, Theo vuelve con: "¿Quién sabe? ¿Tal vez un extranjero ilegal?"

"No se me ocurrió eso. Bueno, mis visas están todas en orden."

"Sí," coincide, pero se pregunta si su papeleo es válido y si está actualizado. ¿Pensaron sus padres en empacarlo para él? Demasiado tarde para preocuparse por ello, ahora.

"¿Pero creo que mi cabeza no lo está?" Elisabeth se auto deprecia. Theo se ríe. Ella está empezando a parecer como una tía preferida, que siempre se asegura de darte otro trozo de caramelo para llevarte a casa contigo, cuando tus padres han dado la espalda por solo un minuto.

El soldado se acerca a la extraña pareja.

Theo levanta la madeja de lana sobre su rostro, lo que incita a Elisabeth a seguir tejiendo. Ofrece una sonrisa agradable al soldado, que la ignora a favor de las pocas personas que quedan en la retaguardia.

Al no encontrar nada, el soldado se gira y vuelve al frente. Dice al conductor: "Eres libre de irte."

"Gracias, señor."

El soldado sale. Las puertas se cierran y el otro soldado hizo que el autobús volviera a la carretera.

Elisabeth suspira. "Finalmente, estamos en camino. Espero que compensemos el tiempo perdido. No me gusta llegar tarde. Casi tanto como me disgusta la gente que no para de hablar-hablar-hablar. ¿No estás de acuerdo, Theo?"

Una sonrisa enigmática es su única respuesta.

En el destino de Theo -y parada de descanso de autobús- hay un pequeño mostrador de servicio, casilleros para equipaje, un baño y un café con un puñado de mesas y sillas. La mayoría de los pasajeros del autobús vuelven a embarcar, agarrándose café y galletas o refrescos y aperitivos para llevar.

Theo y Elisabeth se despiden. "Gracias por no entregarme, allá atrás."

"No podría vivir conmigo misma si hiciera eso, Theo." Él asiente con la cabeza. "Me recuerdas tanto a mi nieto, Lukas. Él era…" Se le toma la voz. Con lágrimas en los ojos. Respira profundamente. "Fue traicionado por sus creencias de libertad, luego fusilado por un pelotón de fusilamiento en Sudamérica. Todavía me cuesta creer, en esta época, que la Humanidad piense que un arma es la respuesta a todo."

Theo sonríe tristemente. Por impulso, le presenta su vívida bufanda. "Aquí, quiero que guardes esto."

"Oh, Dios mío. Estoy conmovido. Muchas gracias."

Ella lo abraza cálidamente. "De nada. Que sigas bien, joven."

Se la lleva a la cara y respira el aroma merino. Se siente hogareño. "Esto realmente destaca. Me verán por kilómetros," Theo se ríe.

"Oculto a plena vista, ¿no?"

En un momento de palma a frente, su comentario desata una mini-epifanía para Theo. Está ahí parado, con la mandíbula floja, mirando su rostro radiante.

La bocina del autobús suena dos veces. Elisabeth se vuelve hacia ella. Sale de la terminal, sin mirar atrás.

Theo la observa abordar el autobús y pronto se ha ido de la vista.

Acaricia su regalo, lo enrolla en su cuello.

Reflexiona un momento sobre sus opciones y luego traza un

plan.

Abre su mochila, y extrae el diario de Rose.

Un momento de introspección ante el recuerdo de su mamá. Hojea las páginas. Encuentra recortes de periódicos antiguos de una función de premios donde Prymus ha ganado.

Pasa a otra página. Otro artículo de ciencia muestra al personal vestido formalmente, incluyendo a los doctores Hunter, Albright, Crane y Andrews. Theo pone un dedo sobre Albright. Especula por un momento sobre su posible paradero, luego cierra el diario y lo devuelve a su mochila.

Otro autobús sale de la carretera. Deslumbra a un montón de pasajeros hambrientos en un apuro por agarrar algunas golosinas o usar el baño, para luego volver a subir a bordo, en un breve receso de diez minutos.

Theo se fuerza para abrirse camino entre la pequeña multitud hacia un portal solitario de internet. Aguanta la respiración todo el camino. Llega en una pieza, pero alguien más se sienta en la silla delante de él. Se estanca, rígido de miedo e incertidumbre; respirando con breves bocanadas. Pero el aspirante a usuario de la red encuentra que es solo operado por monedas, y se va disgustado.

Theo se hunde agradecido en la silla de cuero agrietado, inserta una moneda. Inicia sesión. Busca a la Dra. Margaret Albright. Hay un resultado.

Al otro lado de los Estados Unidos. Eso no puede ser. Se replantea. Escribe 'Margarita Albright, M.D., PhD.'

Algunas entradas aparecen en pantalla. Apunta los más probables dentro de las inmediaciones de la ciudad, en un pedazo de papel.

El condominio de gran altura tiene doce pisos que alcanzan

el cielo cristalino. Las palmeras rodean la base y bordean la valla de hierro forjado; los aloes se extienden al lado de una piscina climatizada con energía solar, una cascada y bañeras de hidromasaje recubiertas de mosaicos.

La Dra. Albright estaciona su Lexus en un espacio de estacionamiento de Solo Residentes cerca de las puertas delanteras. Sale, abre la puerta trasera y carga las bolsas de compras y pizzas para llevar. Logra levantar el pestillo de la puerta de entrada lateral y lo empuja para abrirla mientras hace malabares torpes con todo.

Una voz detrás de ella, ofrece: "¿Puedo ayudarte con eso?"

"Uh no, está bien. Lo tengo." Pero la correa de la bolsa de Margarita se engancha y la atasca en el lugar. "Ah, diablos."

Theo levanta la correa del bolso y empuja la puerta hacia atrás. Rescata las cajas de pizza antes de que se deslicen hacia el suelo.

"Gracias, amable extraño."

"No hay problema, doc."

Se mueven por el jardín formal de azulejos, a los escalones delanteros de la gran subida. "No eres un nuevo paciente que busca ayuda gratis después de horas, ¿verdad?"

"Nada de eso."

"Bien, porque cobro el doble por eso. Más para visitas no programadas."

"Me llamo Theo Jessup. Mis padres eran clientes de Prymus."

"Jessup… Jessup…" pronuncia el sonido en su boca. "Quiero decir que ese nombre me parece algo familiar."

"Tengo más," ofrece Theo.

Ella desliza su tarjeta de entrada al vestíbulo, y tira de la puerta principal para admitirlos a ambos. Asiente al guardia de seguridad detrás del escritorio. "Está bien, Gus; está conmigo."

"Sí, sí. Pero tiene que registrarse."

Margarita se vuelve hacia Theo. "Firma." Ella señala el libro de registros en el escritorio.

Theo hace su firma como Billy Batson, mientras Margaret pulsa la flecha hacia arriba del ascensor. Suena y las puertas se abren. Ella asiente a Theo para que entre primero, cosa que él hace, manteniendo una mano sobre la puerta para evitar que se cierre.

"Ocho," le dice. Theo toca el botón del octavo piso.

La influencia balinesa es muy fuerte, con un sofá largo de color violeta, en tonos fucsia, que aporta un toque de confort y amor en el salón. Color en las lámparas, pequeños retratos, y el techo, hace que la habitación sobresalga, pero no abruma.

Margaret pasa las páginas de las notas personales de Rose. Las fotos de la función de premios la hacen sonreír. "Dios mío. ¿He envejecido tanto?" Ella mira con un anhelo casi nostálgico su yo indomable, más joven. "Mira esa cara noble. Tan decidida que el milagro de la medicina cambiaría el mundo para bien."

"Sí lo hace. Algunas de las veces."

"Aunque no tenemos exactamente una tasa de éxito estelar. Supongo que eso es lo que aún me mueve: mejorar las probabilidades." Ella acaricia la foto de nuevo. Pasa la página. Hay otra foto - esta del profesor emérito Crane. La cara ovalada en gran medida desalineada desmiente su avanzada edad.

Al ver esto de forma inesperada, los ojos de Margarita se llenan de lágrimas. Consciente de su nueva compañía, lucha por mantener sus emociones a raya, sin querer avergonzarse delante de él.

Ella cierra el diario, pero cae una nota. Theo la recoge y se la da.

Es de Rose, durante el segundo trimestre de Theo, donde se deleita con la naturaleza cariñosa y compasiva de la Dra. Albright.

La mano de Margarita cubre en su boca. Se la devuelve a Theo, que guarda la nota dentro del diario, y lo guarda en su mochila. "¿Cómo me encontraste?" pregunta, cambiando el tema por uno más cómodo.

"Encontré dos direcciones equivocadas antes de tener suerte". Una sonrisa irónica resplandece. "La tercera es la vencida."

"Mamá dijo que volverías a ser mi enlace con la clínica."

"Supongo que sí. Son una buena pareja. Eran…" se corrige rápidamente. "Siento mucho que hayan tenido un final tan desagradable, Theo. ¿O prefieres 'Billy'?"

"Capitán Marvel, si se trata de eso. Y gracias por tu simpatía, doc, pero siempre supimos que mi vida era una bendición y una maldición. Me entrenaron para esto. Aunque, nadie puede realmente prepararte para cómo manejar la pena que la repentina pérdida de tus padres, trae. No es correcto. Es… devastador saber que nunca los volveré a ver."

"¿Cuándo notaste por primera vez tus dones?"

"Cuando tenía cinco años, una abeja me picó en el brazo, sin embargo, no sentí dolor. Ni siquiera se hinchó. Pero estaba desconsolado porque la abeja murió."

"Suenas empático."

"Sí, supongo. Solo que no llevo los problemas del mundo sobre mis hombros, en la creencia de que puedo resolverlos todos, o que de alguna manera es mi responsabilidad."

Ella reflexiona sobre su observación. "Me parecería una carga real, sabiendo que eres el único con esos poderes. ¿Alguna vez te sientes solo?" Su pregunta directa le pilla desprevenido.

"Lo siento. No debería presionarte. ¿Qué necesitas que

haga?"

"¿El nombre Rusty te suena? Está confabulado con uno de tus colegas, el doctor Hunter."

"¿Este Rusty tiene otro nombre?"

"Russell Sharp, ex veterinario de combate. Un poco pícaro, pero no adorable a los ojos de nadie, excepto tal vez a los propios."

Ella se ríe. Busca en su memoria en lo que parece ser hace mucho tiempo. Alucinaciones sobre algo. "Espera un minuto, aquí. Murió por pérdida de sangre en la mesa de operaciones hace un par de años, cuando intentaron extraer más metralla." Theo se burla de la mentira de Rusty. "Bueno, mátame con una pluma."

Hay un momento de silencio mientras ella une las piezas. "¿El Dr. Hunter? ¿Estás absolutamente convencido de que está involucrado?"

Theo describe los atributos físicos de Bradley. Margarita infla las mejillas. "Entonces mi padre tenía razón. Todos sabíamos que Bradley era una mala persona, pero su trabajo en las teorías pioneras del genoma no tiene comparación. En alguien de esa magnitud, es más fácil pasar por alto sus defectos cuando sus resultados están fuera de las tablas. Como con algunos iconos famosos, estrellas del deporte y otras celebridades."

"Necesito un uno a uno con Rusty. ¿Hay alguna manera de que puedas localizarlo por mí, sin que Hunter lo averigüe?"

"Voy a ver si puedo rastrearlo por ti." Se levanta. Camina detrás de la isla de la cocina y agarra el café.

'Y necesitaré algo de ayuda para hacer las cosas bien en la clínica."

"¿Qué clase de cosas?"

"Si por casualidad tienes un mapa de Prymus, me encantaría

verlo."

"No hay mapa, pero puedo sacar un folleto para ti. Tiene el diseño en la página posterior. Eso debería bastar." Ella le lanza una mirada maternal. "Entonces, ¿qué clase de cosas tenías en mente?"

Theo imita tirando del alfiler de una granada y lanzándola en dirección a una clínica imaginaria.

"Ya vivimos esa pesadilla una vez con la vieja clínica."

"¿Qué pasó?"

"Ciertos grupos pro-vida afirmaron que estábamos manipulando el plan del Todopoderoso para la humanidad. Se encargaron de 'corregir nuestros caminos', atacando al Dr. Crane con un cóctel molotov, en lugar de ir al Congreso. Le costó todo."

Theo silba por lo bajo. "Eso apesta."

"Prymus está destinado a prolongar la vida, no a quitarla. No te hagas matar, ¿vale, Theo? No creo que pudiera vivir con más muertes asociadas a Prymus."

"No intencionalmente."

"Bien," dijo Margarita al final. Vierte café caliente en dos tazas de cerámica. "¿Cómo tomas tu veneno?"

9

Retirada

Es la ciudad del Aburrimiento, en la Tierra Crujiente y Oxidada.

Está acurrucado en su catre del ejército. La bolsa de medicamentos está casi vacía, lo que evita que la rápida propagación del cáncer florezca a través de su columna vertebral y mantiene los órganos principales a raya un poco más - pero realmente, es como intentar barrer la marea con una escoba.

El elefante en la habitación es que todo el mundo sabe que es un juego de espera antes de que el siguiente, más reciente, lote llegue a tiempo para salvar la caballería. O decir adiós a la última pizca de esperanza que se desvanece con cada segundo que pasa, que es una eternidad de diversos grados en el agonizante, aburrido y espaciado dolor corporal. *Hasta luego, idiota.*

Russell resopla. Nunca fue muy bueno con las metáforas mixtas. *Práctico, dame algo que pueda ver y tocar con mis propias manos - ese soy yo.*

Su sabueso camina por aburrimiento. Gime y se rasca por las pulgas atacantes.

Parker apoya la cabeza en sus brazos en la pequeña mesa. Se

sacude un par de veces mientras se queda dormido. Comienza en posición vertical. Lentamente flexiona su cuello - *crack*. Eso se siente mucho mejor. Mira con ojos adormecidos a su alrededor No puede evitar pensar que debería haber tomado el concierto razonablemente bien pagado en el club durante tres noches a la semana cuando estaba la oferta - al menos, tenía la oportunidad de ganar por sus esfuerzos - más las propinas, por supuesto.

Rusty casi se vuelve a dormir; el respirar en su estado atroz, es una pesada tarea que toma la poca fuerza que le queda.

El perro ladra de repente. Los hombres entran en alerta instantánea. Rusty tranquiliza al perro. Parker mira con un ojo por el agujero de la puerta.

La vista hacia fuera de la cabaña, no le muestra a nadie allí, así que abre cautelosamente la puerta. A un lado, a veinte pasos de distancia, Theo se para casualmente con los brazos cruzados.

Parker alcanza su .45. No está en su funda. Se da cuenta que está sobre la mesa pequeña. "Mierda. Es tu adversario en carne y hueso. El chico Jessup."

Rusty manda a su perro a atacar a Theo: "Ve a buscarlo, chico." Un rayo negro y marrón sale por la puerta en un segundo.

Theo extiende un brazo hacia fuera, y silba al animal en tono descendente. El pastor alemán cae al suelo encorvado, y se arrastra hacia adelante en modo sumiso, hasta el adolescente. Theo da una palmada al sabueso. Lee sus etiquetas metálicas. "Muy bien, Trojan. Quédate."

Parker busca su pistola, la recoge y dispara. Pero el seguro está activado. Lo ajusta a la posición de Apagado.

Rusty emite una advertencia: "No…" pero Parker ya está en el porche. El hombre, bloqueado, solo puede escuchar múltiples golpes y gemidos, señal de alguien en problemas.

Asustado de encontrarse con Theo en su actual estado de vulnerabilidad, arranca la vía por goteo de su brazo, dejándola colgada.

Usa su silla de ruedas para ir más rápido a lo largo del piso, desesperado por alcanzar su otra arma a tiempo.

"Déjala."

Rusty se voltea para ver a Theo apuntándole con el arma de Parker. *¿Qué - ahora está tomando órdenes de algún chico punk?* "No tienes las bolas," silba Rusty.

Theo dispara rápidamente una ronda. Rusty se agacha, odiando la idea de verse acorralado como algún animal cazado, mientras Parker se aferra al marco de la puerta, pensando que las balas eran para él.

El sonar de los anillos, mientras la cortina de arpillera se cae del poste roto sobre una de las pequeñas ventanas, proporciona una distracción para Rusty que manosea bajo su catre. Agarra la pluma en su puño. Pero Theo está sobre él. Patea la muñeca de Rusty que sostiene la pluma - un grito de dolor, luego el capuchón se dispara hacia fuera, y su guardaespaldas cae hacia atrás, arañando su garganta.

"Hijo de perra," exclama Rusty.

Burbujas de sangre en el hueco del cuello de Parker, inundan sus dedos, mientras su latido la bombea hacia fuera. Muere con una suave exhalación - como un globo desinflado.

Rusty se lanza hacia Theo, que se escapa fácilmente del camino. "En realidad no quieres matarme. Si lo haces, no durarás más de dos semanas en ese estado." Pero el hombre furioso no está en condiciones de recibir sermones - y se lanza tras Theo con un gruñido del tamaño de King Kong.

El joven se asombra de la velocidad del veterano en silla de ruedas, apenas saliéndose del camino a tiempo, antes de que el grueso bulto de gelatina se estrellara contra la pared. Se sacude. Se da la vuelta para enfrentar al chico. "Créeme, será extremadamente insoportable. Rogarás la liberación misericordiosa mucho antes de que la enfermedad reclame a su huésped," dice Theo en su beneficio.

"Bastardos como tú no se enferman." Rusty tose flema sangrienta. "¿Por qué eres el afortunado?"

"Me supera. La misma razón por la que una persona tiene las piernas larguiruchas o los brazos rechonchos, supongo."

"Crees que es Dios, ¿eh?" La vista tajante de Rusty gotea puro veneno.

Theo no muerde. "Tal vez."

Rusty se ríe con la risa hueca de un hombre en sus últimas instancias. Mueve su brazo picado en lo alto. "No estaba cerca para curar esto."

Theo simpatiza. "Todavía hay tiempo."

Pero la condición mental de Rusty no está a la altura. Él le da vueltas al adolescente. "No me vengas con estupideces, hijo. Puedo olerlo a una milla de distancia."

Theo continúa con su diagnóstico. "Aunque tenemos que actuar rápido: tu sistema inmunológico está realmente comprometido."

"No me digas, Sherlock."

"Si quieres, te puedo dar una transfusión para potenciarla."

"Uh-huh. Hunter intentó esa mierda. No me hizo nada." Se burla. "El doctor realmente quiere tu cabeza. Ya le has costado una pequeña fortuna. Dice que va a cosechar tu ADN y crear una súper cepa genética, incapaz de enfermar o contraer enfermedades."

"Te irás mucho antes de que eso suceda," recalca Theo con calma. "Puedes aferrarte a un hilo realmente delgado, o puedes aceptar mi oferta de ayuda."

Rusty sigue negándose a dejarlo. "Cuatro giras de servicio, y esto es lo que recibo por servir a mi país." Theo está impasible. "¿Qué hay en esto para ti?"

"Auto preservación," responde Theo con honestidad.

"¿Qué te hace pensar que lo que tienes funcionará conmigo?"

"Hipermutación somática."

"¿Soma-*qué*?"

"Te lo mostraré."

Rusty duda. Analiza sus opciones cada vez más reducidas. Le echa un vistazo a Theo, que lo mira fijamente con igual intensidad.

Sabiendo que le queda poco tiempo -u opciones- decide a regañadientes aceptar la apuesta. "Ok, chico. Hagamos esto."

El tubo enganchado a la vía, corre a un calentador de infusión de sangre. Theo tira suavemente de la cánula de su brazo, presiona su pulgar sobre el punto de salida, para sellarla rápidamente.

Toma su bolsa de sangre donada y la conecta al calentador. Ajusta la válvula.

Su sangre serpentea por el tubo intravenoso hacia la vena de Rusty, mientras el enfermo observa. "¿Cuánto tiempo más?"

"Quieres usar todo eso, solo para estar seguro."

"¿No es seguro?"

"Es una manera de decir, Rusty. Relájate."

El ex-veterano de combate está demasiado ocupado para eso.

Trojan entra, y olfatea. Parece desinteresado de su amo. Regresa al porche. Da una vuelta, luego se acuesta.

El suministro de sangre se ha reducido en un tercio. Rusty sigue desconfiando de cualquier persona que genuinamente quiera ayudarlo, y busca mayor tranquilidad. "Se siente cálido.

¿Es eso normal?"

"Sangre fría estaría mal."

Él duda. "¿Ok...?" Se inquieta. "Me da un poco de picor." Se rasca la piel. El sudor le cae por la cara. "¿Por qué hace tanto calor aquí?"

"Es tu respuesta inmune. Tu glándula timo está funcionando."

Rusty se retuerce en su silla de ruedas. El miedo se apodera de sus ojos. "Haz que se detenga."

"Pronto. Relájate, ¿quieres? Solo lo estás empeorando para ti mismo."

Rusty se abofetea de repente. "Malditas cucarachas. ¡Salgan de encima!"

Con un estallido, se sale de su engorrosa prisión y se tambalea por la habitación. Tira de su ropa. Agarra el aire. Su discurso se vuelve loco. "Queee... eeee... ssss?"

"Los anticuerpos."

"¿Annicuuu...?"

"En mi sangre. Te ven como una amenaza. Un organismo extraño."

"¿Para...?"

Theo fríamente señala su punto. "Eres el enemigo."

Rusty se aferra tardíamente al engaño de Theo. Aúlla con rabia impotente, y se lanza a por él, antes de desplomarse en su catre. Grita y se retuerce con un dolor abyecto mientras surgen las ronchas y los forúnculos en su cuerpo.

Los gritos disminuyen de volumen. Rusty se sacude involuntariamente varias veces, luego se vuelve inerte.

Theo espera hasta que todo movimiento se detenga. Luego, en voz baja: "Hipermutación somática. Te dije que funcionaría."

Más 'pitidos' del calentador le recuerdan a Theo que sigue conectado y funcionando. Él lo apaga. "No eres el cuchillo más afilado en el cajón después de todo, ¿eh, Rusty? Al menos ya no tienes dolor."

Observa un bulto en el bolsillo lateral de los pantalones de camuflaje de Rusty.

Lo alcanza y toma su móvil. Toca la pantalla. Está bloqueado.

Theo piensa por un momento. Sujeta el móvil con una mano, con la palma hacia arriba. Coloca la otra mano sobre ella, un dedo señalando hacia abajo. *Esto podría funcionar o ser completamente inútil.*

Una chispa vuela de la punta del dedo de Theo a la pantalla, y la 'sacude'. El móvil se desbloquea. Abre la aplicación Contactos. Aparece el número privado de Hunter. El adolescente realiza una búsqueda de ubicación para las direcciones para viajar a Prymus Genetics.

Cierra la pestaña Contactos y abre la aplicación de música de Rusty.

Varias canciones de Country & Western están ahí. Desliza algunas hacia abajo.

Encuentra rock pesado. Sube el volumen. Selecciona "Smells Like Teen Spirit" de Nirvana -la versión Rockin'1000- y le da Play.

Los altavoces del teléfono emanan hacia fuera la pista agitada.

Theo mira al charco de sangre que se congela alrededor de la cabeza de Parker, y luego vuelve al cuerpo inmóvil de Rusty. Toma un paquete de balas de al lado del catre. Abre la puerta delantera de par en par, usando un tronco picado como tope de puerta. Vacía la pequeña nevera de Rusty, y arroja trozos de carne en el suelo, en el porche, y debajo de los escalones delanteros para atraer a los insectos.

Carga algunas raciones más en una bolsa de plástico y las pone dentro de su mochila. Arrebata las llaves del jeep de un gancho cerca de la puerta. Le chasquea los dedos a Trojan, le hace señas.

Abre la puerta al Jeep de Rusty, hace señas para que Trojan se suba, cosa que el perro hace alegremente. Theo sigue su ejemplo, acaricia las orejas del perro, cierra la puerta, pone en acción el motor de arranque y coloca el teléfono en el sistema de altavoces del Jeep. Prende el motor; su gruñido ronco desmiente su pequeño tamaño, y luego lo pone en marcha.

Las ruedas giran mientras el Jeep despega por la carretera. Trojan se divierte sacando la cabeza por la ventana, mientras Theo tamborea el volante al compás. Acompaña al coro como si estuviera audicionando para un show de talentos. "Un mulato, un albino, un mosquito, mi libido - ¡sí!"

En los límites de la ciudad, se mueve a través del tráfico lento, se lanza a lo largo del bulevar Downtown hacia la clínica, y accede a las instalaciones como un cliente habitual. Conduce derecho por la rampa en el estacionamiento del sótano, y busca un espacio vacío. Estaciona en un espacio para visitantes, cerca del ascensor.

Hunter ve la llegada del jeep en uno de sus monitores. Frunce el ceño: *¿qué demonios está haciendo aquí?*

Sale corriendo fuera de su oficina, sacando chispas mientras corre hacia el sótano.

Las puertas del ascensor se abren.

Hunter sale furiosamente de él. Irrumpe en el jeep de Rusty y abre la puerta.

Theo le apunta la ACP de .45 al el pecho. "Sorpresa."

Hunter se espanta. "Whoa." Se hace hacia atrás. "Dispárame, y la policía vendrá por ti como un sarpullido."

Theo sale tranquilamente del jeep. Cierra la puerta detrás de él. "Has estado con Rusty un poco demasiado."

Indica con su pistola que Hunter se dé la vuelta y empiece a caminar.

El doctor duda, el tiempo suficiente para que Theo le advierta que no haga nada precipitado. "Nada de heroísmo, vaquero. Actúa normal. Sin precipitarte, como hizo Russell."

Hunter hace lo que Theo pide. Vuelve al ascensor, con Theo justo detrás de él. "¿Cómo está ese saco de grasa? No puede estar demasiado bien."

"Muerto," afirma Theo. "Alimento para la fauna."

Hunter no se deja llevar por esta noticia. "Obtuvo lo que se le venía."

"Todos debemos responder por nuestras acciones, tarde o temprano."

"Oye, le di una calidad de vida que de otra manera no hubiera tenido." Hunter pasa su tarjeta de seguridad por las puertas del ascensor.

"Sigue diciéndote eso, Bradley Blundell. Hasta al FBI."

Las puertas se abren. Entran. "No tienes nada contra mí," se jacta Hunter.

Theo lo mira con una mirada de: *sí, ¿quieres apostar?*

Las puertas se cerraron. Los números de los pisos se iluminan mientras el ascensor se desliza hacia arriba.

En el interior, el ascensor se sacude repentinamente en una parada, que pone a Theo en alerta. Hunter presiona su número de piso varias veces. Con la otra mano oculta, presiona el localizador en su cinturón. "Mira, hace esto, ¿vale? Ya es hora de que lo revisen." El elevador sube una vez más. "Allá vamos."

En el nivel cinco, el Dr. Andrews -en su uniforme de médico- corre por el pasillo. Arrebata un carro de lavandería justo cuando una campana anuncia la llegada del ascensor.

Las puertas se abren. Andrews grita: "¡Espera! Sostén la puerta, por favor."

Theo pone el pie entre las puertas. Andrews tiembla para conseguir meter el carro dentro del ascensor. Entra apretado, por lo que Theo debe aplastarse a un lado. Las puertas se cierran con una vibración.

"Mil gracias, amigo," le asiente Andrews a Theo.

"Ni lo menciones," llega la respuesta automática. Entonces se da cuenta: "Oye, ¿no eres ese tipo que conocí en la tienda de comestibles el otro día?"

"Sí. Aunque tengo prisa," Andrews deja las cortesías. "Siete, por favor."

Theo cumple presionando el piso '7'. Mientras se acerca, el Dr. Andrews inyecta el cuello de Theo con una pistola de bolsillo. El adolescente cae. Los dos doctores lo envuelven apresuradamente en el carrito de la lavandería y lo cubren con sábanas.

Hunter detiene temporalmente el ascensor ascendente.

"Podrías haberme avisado un poco antes," se queja Andrews. "Con tan poca antelación, la localización de emergencia era mi única opción." Por el momento, Andrews acepta la explicación de Hunter.

"¿Pecera?"

Hunter tiene su racha de vuelta. "Leíste mi mente." Pulsa el botón del 2º nivel y el motor del ascensor se queja mientras desciende.

En el centro de la sala de aislamiento del nivel dos se encuentra un cubo de vidrio, de 15′ x 15′. Está amueblado con una cama de hospital móvil, monitor y mesa de bandeja. Varias cámaras de seguridad muestran la puerta de cristal de entrada, la cama de hospital; el cubo de la 'pecera', más los alrededores de la sala de aislamiento principal.

Los cables retransmiten las señales vitales de Theo a un puesto de monitoreo, escondido detrás de una ventana de vidrio.

Un Técnico Médico en su estación, observa con atención los movimientos en tiempo real que el equipo le envía de los accesorios adjuntos al cuerpo de Theo.

El Dr. Hunter mira al adolescente. El desayuno del niño permanece intacto en su bandeja. "Buenos días, Theo. Deberías comer. Es grosero ignorar la hospitalidad cuando se ofrece libremente."

Theo resueltamente no se mueve. "Al menos haz un esfuerzo."

El adolescente lo toma literalmente. Empuja la bandeja al suelo con el pie y mira impasible mientras su comida vuela en todas direcciones.

Hunter hace señas con el puño, pero opta por probar otra tacada. "Tenía la impresión de que querías cooperar con nuestra importante investigación. Tu nombre pasará a la historia como pionero de los súper genes. ¿No quieres ser inmortalizado?"

"No soy tu chico que da latigazos," asegura suavemente Theo.

"Pero *vas a* cooperar," le asegura Hunter. *¿O es una amenaza?*

"No me puedes obligar."

Hunter se ríe de forma fea. "No pongas a prueba mi paciencia, Theo." Mira fijamente al adolescente a través del cristal de seguridad. Desafiándolo a terminar con sus habladurías.

"Cualquier cosa que digas, Dr. Frankenstein."

"Deja esa actitud, hijo."

Theo sopesa su siguiente movimiento. *¿Quieres jugar con fuego, doc? Claro, pero no te quejes cuando te acerques demasiado y te quemes con las llamas.*

Con un rayo láser de desprecio hacia Hunter, se acuesta en la cama portátil y cierra los ojos. Da varias respiraciones largas, profundas y relajadas, asentándose en un estado más calmo, ralentizando a propósito su ritmo cardíaco y la respiración.

Su tez de ceniza palidece aún más. Los signos vitales caen a niveles peligrosamente bajos.

Alarmas y zumbadores en los monitores médicos, dan advertencias.

"¿Qué diablos?" Hunter pregunta.

El técnico toca frenéticamente su teclado, desesperado por anular a Theo. "Jefe, se está muriendo."

"¿Cómo?"

"No lo sé, señor." Las alarmas se vuelven estridentes.

"Apaga esas malditas cosas."

El técnico utiliza una llave maestra para silenciar las alarmas que se disparan.

Hunter impala a Theo con ojos de daga. "Tales dramas no son necesarios."

El adolescente lo ignora, luego se queda completamente quieto.

Líneas planas.

Las bombas dejan de moverse. El monitor de frecuencia cardíaca llega a cero.

"¡Mierda!" El improperio de Hunter sale de su boca, mientras golpea la mesa de control. "Por Dios, arregla esto."

"Voy a agarrar las palas."

"No."

"¿No? ¿Te estoy escuchando correctamente?" dice el técnico.

"A menos que seas sordo…"

"Señor, ¿necesito recordarle el Juramento Hipócrita?"

"Hipocrático. Además, está mintiendo."

El técnico médico pierde la calma. "¿Estás loco? Mira esto…" señala el sonido agudo del latido del corazón.

"Sé leer un monitor."

"Pero no puedes simplemente -" Alcanza a través de Hunter el botón de pánico.

"¡Déjalo!" Hunter insiste.

El técnico cruza furiosamente los brazos. "Disculpe, Dr. Hunter, pero no puedo pagar una demanda."

"Yo me haré cargo." Hunter le mira fijamente.

El técnico médico espera que la vena que pulsa rápidamente en el cuello de Hunter se reviente. Vacila entre su honor y su jefe. A regañadientes retrocede de su asiento.

Hunter toma el control. Le habla al técnico, pero apunta a Theo, a través de la ventana: "Cuando esté muerto, trae un equipo aquí para recoger su ADN y sus restos. Vivo o no, terminaré el trabajo que empecé."

El rostro de Theo se transforma desde el malestar emocional hasta la serenidad total.

Se ha ido.

10

Muerte

La boca del técnico médico se abre y se cierra como la de un pescado fresco. Aturdido, aunque odiándose a sí mismo por estar atrapado en esta pesadilla que se despliega, se queda mudo, mirando desde el lívido doctor, hacia la forma postrada de Theo, completamente sin vida, y luego de vuelta a los monitores.

Hunter al mismo tiempo asombrado e indignado por perder a su paciente más valioso. Lanza un puñetazo contra la consola. "Maldita sea. No pensé que él realmente pudiera *hacerlo.*"

Es un poco tarde para los remordimientos, el técnico piensa amargamente para sí mismo.

La forma astral de Theo acelera a través de las dimensiones inferiores, hacia los reinos celestiales. Todo es ligero y esponjoso a su alrededor, con el olor inconfundible del pan recién horneado, y las risas resonantes a lo lejos. Una extraña mezcla, pero asombrosamente reconfortante, como tu retiro de bienestar favorito en el Planeta Tierra, todo para ti mismo.

La figura sagrada del medallón de Caitlin aparece ante él. Alto, barbudo, ataviado con batas que fluyen, y llevando un largo bastón en una mano. Irradia calidez y compasión al exhausto chico, pero bloquea su camino para seguir adelante.

"Hijo mío, tu viaje en 3-D sigue incompleto. De regreso a la tierra, debes ir." La voz de San Cristóbal es un trueno suave, pero no está abierta al debate.

Extrañamente, Theo se siente de cinco años nuevamente, mientras suplica: "No, por favor, no. No me envíes de vuelta allí. Ya no puedo más. Te he fallado. Mal."

"Amado, la hora más oscura es antes del amanecer. Sin embargo, en este juego, no eres un peón."

"¿Dieciséis años? Ese es el amanecer más largo de la historia. En serio, perdí a todos - mamá, papá, Caitlin - todo mi mundo. Ni siquiera me siento seguro, ya no. ¿Por qué ser amigo de alguien solo para ver que me los quitan?"

El sabio asiente en reconocimiento a las luchas de Theo. "Siempre estamos a tu lado, mientras cumples tu misión de este viaje terrenal."

"Realmente desearía saber eso, en el fondo, en mis huesos. Realmente lo deseo," suspira Theo dramáticamente. "Estoy tan jodidamente cansado de estar corriendo, toda mi vida."

San Cristóbal mira con amor a los ojos de Theo - transmite al adolescente un océano atemporal de bienaventuranza incondicional. Es como si pudiera desaparecer en esos inmensos ojos y desaparecer en la nada. Pensarlo es muy, muy intoxicante.

Tan pronto como este anhelo de estar en *casa* se afianzó, el túnel de la Luz se encogió a un diminuto punto en la oscuridad, y Theo se encontró justo donde dejó su cuerpo.

Se cierne sobre él, momentáneamente - no queriendo reconectarse, pero sabiendo que debe. Observa desde lejos, como si el cuerpo perteneciera a otra persona, suelta un suspiro excepcionalmente largo y jadeante.

Exhala. Luego otro.

Bomba de oxígeno, el ritmo cardíaco hace 'bips', vuelve a la acción.

Saca a los dos médicos de su estado de shock.

Theo abre los ojos. Rayos de luz feroces salen de sus ojos amatistas. Está vivo de maneras desconocidas hasta para él mismo.

A través de la ventana de seguridad, Hunter lo fija con una mirada cruel - la insensibilidad anula su evidente alivio ante el regreso de Theo. "Como dije: es grosero ignorar la hospitalidad cuando se ofrece."

La lectura digital sobre un médico interno: 02.15 en ledes rojo cereza.

Para pasar el tiempo, el interno resuelve un Cubo Rubik. Tiene un lado completado pero no puede descifrar el resto. Lo gira de un lado a otro. Se frustra por la falta de una solución fácil.

Theo se sienta con las piernas cruzadas en su cama, con los ojos cerrados. "El centro del cubo es la pista del color de cada lado."

"¿Eh?" El interno responde.

"Si el medio es azul, el resto del lado coincide, de manera similar," Theo lo entrena pacientemente. "Azul con azul, rojo sobre rojo, amarillo a amarillo, etcétera."

"Sí, tengo la pista del color que coincide, pero siempre se deshace una vez que dos lados están completos. Parece que no puedo averiguar el resto". Él mira fijamente el invento de Rubik. "No sé, amigo; sólo me desconcierta."

Theo abre los ojos, y sin mirar, imparte instrucciones detalladas para completar la tarea.

Por un momento, el interno se muestra escéptico de que el consejo de Theo funcione correctamente - pero bueno, tienen toda la noche para descifrar esto, y el adolescente no va a ir a ninguna parte, ¿verdad?

Gira y gira las piezas del rompecabezas exactamente como Theo le describe los pasos. Pero todavía se asombra cuando realmente funciona, y los seis lados están completos. "Eso es irreal. Debes tener una memoria fotográfica o algo así," respira asombrado. "¿Exactamente cuántas combinaciones hay, de todos modos? Debe ser de cientos, si no de miles."

Theo se ríe. "¿Te refieres a un recuerdo eidético?"

"Sí… eso."

"Supongo que sí."

"Recuérdame que no vaya contra ti en Texas Hold 'Em," bromea el interno.

"Me prohibirían jugar al poco tiempo. ¿Supongo que estás en el cementerio esta noche?"

"Si. Apesta, hombre."

"¿A quién impresionaste para acabar atrapado en las noches?"

"Nadie. Me gustan. Siempre lo he hecho. Pero se vuelve un poco aburrido, ¿sabes? Mirando las pantallas, como un adicto a la televisión."

"Eres un vampiro, ¿eh?"

"Yo no. No te ofendas, pero apuesto a que te llamaron así de chico. Drácula, y tal."

"No a menudo. La mayoría de las veces estaba en casa, con una interacción mínima con otros estudiantes. Normalmente en eventos externos."

De repente se agarra el estómago. Gime. Pasa desapercibido, 'hasta que se dobla en un dolor agonizante, y llora como un lobo enfermo.

"Oye, Theo, ¿estás bien?" Theo sacude la cabeza - *no*.

El interno revisa los monitores. Hay una variación salvaje en sus signos vitales, ya que Theo tose con dureza. "Tú - quédate conmigo, hombre." El interno se pone en pie. "¿Necesitas que te ayude?"

Theo señala su garganta.

"¿Un trago? ¿Tienes sed?" El interno manifiesta lo obvio. Theo asiente, los ojos se le comienzan a abultar. "Ahh… no sé. No estoy autorizado a dejar mi puesto."

En voz ronca, Theo croa: "Agg—aa…"

"¿Eh?"

"Solo… necesito… agua." Apenas es un susurro.

Temeroso de que lo despidan por un posible error en su turno, el interno vacila. Por fin se arriesga. "Oye, no hay problema. Voy a por algo. No te rindas, ¿no?" Su nerviosismo haciéndole repetir.

Otra tos de Theo.

El interno sale de la estación de monitoreo con una pequeña botella de agua sin abrir. Pasa su ficha de personal por el lector; introduce el código y empuja la puerta para abrirla.

"Es mía, pero puedes tenerla."

La respuesta de Theo es un murmullo. Él acepta la bebida. Intenta desenroscar la tapa sellada, pero está demasiado débil.

"Aquí, déjame intentar," sugiere el interno. Se lleva la botella de vuelta. Abra la apretada tapa.

Theo pellizca en un nervio al interno, quien cae como un alfiler.

Lo atrapa y baja al suelo.

"Lo siento, amigo. Las necesidades llaman." Se desengancha del ECG, el tubo de alimentación y otros aparatos.

Saca la tarjeta y el juego de llaves del cinturón del interno.

Recorre los alrededores y consigue encontrar un práctico rollo de cinta. Saca una tira y le ata los pies, y las manos y le tapa la boca al pobre interno. "Dulces sueños," es el último consejo de Theo al interno.

Sale del cubo de vidrio; marca un código en el teclado de entrada para sellar la puerta. Pasa la puerta principal de la sala de aislamiento y sale.

En el pasillo se detiene ante una alarma de incendios. Empuja una llave entre sus dedos y apuñala la cubierta protectora que la rompe. Activa el interruptor. Instantáneamente, los altavoces del techo se disparan: "Esto es una emergencia. Por favor, evacúen el edificio inmediatamente."

Theo se lanza a su próximo plan de ataque.

En el centro de datos, la alarma de advertencia automática se activa con el mensaje de seguridad. "Esto es una emergencia. Por favor, evacúen el edificio inmediatamente."

El grupo de personal del turno noche se desconecta frenéticamente, luego se va. El Dr. Hunter presiona el botón 'Bajar' del ascensor. El Dr. Andrews le escribe. Hunter lo lee: "**¿Dónde estás?**" Responde rápidamente: "**Nivel 4. ¿Y tú?**"

Andrews responde: "**5.**"

"Esto es una emergencia. Por favor evacúe el edificio inmediatamente."

Hunter escribe: "**¿Nos vemos en la pecera?**"

Andrews: "**No. El elevador regresa al nivel 1 en emergencias.**"

"**Maldita sea. Lo olvidé,**" es su respuesta. "**Baja.**"

Andrews responde: "**En camino,**" mientras Hunter se dirige a la escaleras.

Los deshonestos doctores se reúnen en un pequeño aparador entre pisos. Las luces de salida proporcionan una iluminación tenue desde arriba y abajo, por lo que para ver mejor, Andrews utiliza la función de linterna en su móvil. "Aguja en un pajar. Podría estar en cualquier lugar dentro de Prymus."

"Soy el cosechador, y es el Día del Mercado," anuncia Hunter.

"¿Estás seguro de que lo encontrarás, primero?"

"Apuesto mi vida por ello."

"Empiezo a pensar que Crane tenía razón: estás obsesionado con el chico. Así es como ocurren los errores."

Hunter resopla. "Crane era un tonto viejo y cobarde, que no sabía distinguir su trasero de su codo."

El Dr. Andrews aclara sobre el comentario de Hunter. "Bueno, pues. ¿Vamos a usar una jeringa hipodérmica, Cloroformo, Anthrax o un golpe en la cabeza con un pedazo de dos por cuatro?"

Hunter saca su pistola y silenciador. Rápidamente los une. "El cloroformo tarda al menos cinco minutos en funcionar. No tengo tiempo para eso."

"¿Qué aconsejas?"

"Prefiero esto." Dispara al Dr. Andrews a quemarropa. Brian rueda por las escaleras. Se estrella contra el rellano y se le rompe el cuello. "¿Ves? Sin alboroto, sin esperar, Hunter entona con calma.

Fuera de Prymus, Bazza apunta una linterna sobre el interior del panel de incendios. Sólo una luz parpadeando donde Theo la activó. Dirige a sus bomberos para que entren en la clínica y se dividan en dos equipos para buscar la causa de la alarma.

En el nivel dos, Hunter irrumpe en la sala de aislamiento. Inmediatamente ve el cubo de vidrio vacío. Le da una mirada a la estación de monitoreo vacía.

Un movimiento en la 'pecera' llama su atención. El médico pasante martillea la puerta. Hunter presiona un código de acceso en la puerta para dejarlo salir. "¿Te hizo esto Theo?" exige saber. El desafortunado interno asiente. "Él pagará por eso."

En el centro de datos, Theo utiliza la tarjeta de identificación del interno para entrar. Pasa por los servidores en la nube, las unidades de almacenamiento de datos y los racks de procesadores. Busca una estación de trabajo. Prende la PC y escribe un código de acceso.

Bienvenido de nuevo, CR parpadea en la pantalla del monitor. "¡Sí! Gracias…-"revisa la tarjeta del pasante - *Cody Rosenbaum*. Una por el equipo."

Theo saca una unidad USB de su bolsillo. Lo inserta en un puerto. El sistema busca virus instantáneamente. Reconoce que no es una amenaza y, por lo tanto, permite el acceso al sistema.

Theo ingresa una contraseña de anulación. "Mamá, papá. Esto es por ustedes." Presiona ENTER. La memoria USB libera su arsenal de virus, gusanos hackers y robots de spam en los superordenadores de la clínica.

Las alertas y advertencias parpadean en el monitor. El centro de datos se bloquea en cámara lenta bajo el ataque DDoS.

En el aparador entre el Nivel Cuatro y el Cinco, los bomberos tropiezan con el doctor Brian Andrews, doblado por la mitad, con las extremidades desparramadas, como un muñeco de tela descartado.

Bazza mira fijamente la pálida cara de Andrew, un único rastro de sangre seca en una fosa nasal. Se da cuenta del cuello hinchado y roto, y luego de la bata azul cubierta en más sangre, desde el estómago hacia abajo, incluso cubriendo su tarjeta de identificación. En un tono sobrio, Baz le dice a su compañero que lo reporte y que se mantenga en guardia 'hasta que lleguen los policías. "Consigue que Matty aparezca aquí, luego alcánzame, una vez que las fuerzas del orden estén en el trabajo. Estaré en el nivel 5."

"Entendido, jefe," llega la lacónica respuesta de Den.

Theo sale del baño, justo cuando entra Hunter. Hay una conmoción mutua. El médico es el primero en recuperarse. Le cierra la puerta en la cara a Theo; el chico se echa para atrás al instante, pero su enemigo ha huido.

Theo lo persigue, da vuelta en la esquina al lado de los baños, dando contra un golpe sólido en el estómago que lo deja sin aliento por un momento. Pelea con Hunter en una ráfaga de puños, pero el doctor lanza un golpe que hace que Theo colapse hacia atrás.

Bradley se coloca encima del adolescente, quien toma la pierna del doctor y la tuerce bruscamente. El hombre más grande cae, y juntos, ruedan como en un juego de gato y ratón del patio de la escuela, mientras cada uno gana, y luego pierde, la ventaja. Pero en poco tiempo, el peso más pesado y la fuerza superior de Hunter mantienen a Theo anclado a un punto.

Sus ojos salvajes emanan odio hacia el adolescente. "Ríndete, Theo."

"Nunca," llega la respuesta desafiante.

Bradley gruñe, y golpea su cabeza contra el protuberante cráneo de Theo. El chico se desmaya con un suave gemido, como un corredor de maratón. Hunter retrocede unos cuantos pasos. Se limpia el sudor de la cara. Recupera el aire. "Dios, necesito un trago."

Se aparta, reflexiona sobre dónde puede encontrar una petición tan extraña en un corto plazo. *El mundo está en llamas, y él intentando encontrar alcohol.* Se ríe sin control de su ridícula necesidad de emborracharse - y luego de su propia risa loca.

Theo vuelve en sí, se sienta. Se pone de pie. *Gime.* Hunter se voltea hacia atrás para ver a Theo levantado como un T-1000. Ahora *está...* tan pálido como Theo. "Eso es... eso es demoníaco."

Theo se tensa en una pose de culturista. Hunter se burla. Él espera que le broten cuernos y una cola. Las venas de Theo se abultan y sus músculos ondulan con tensión.

Screeee...

Un grito agudo del adolescente se fusiona con un halcón que de repente se materializa detrás de él, en pleno ataque.

Krrrraark...

Pasa por delante de Theo. Apunta a Hunter quien se enloquece. Se da la vuelta y corre por su vida, balbuceando en pánico.

El raptor se lanza -garras extendidas- y corta la cara de Hunter, para luego desaparecer de la vista. El médico traumatizado grita desaforadamente. Fuerza la apertura de una puerta y desaparece en su interior.

Theo corre tras él. Descubre que la puerta conduce al almacén criogénico de la clínica. Filas de grandes cilindros de nitrógeno líquido, todos conectados a través de líneas esmeriladas a congeladores industriales profundos, que bordean la instalación.

Afuera de las puertas del congelador hay listas de personas que han sido seleccionadas para ser congeladas, luego revividas en el futuro. Se encuentran cara a cara en el sótano cavernoso.

Hunter, de alguna manera, encuentra su segundo aliento. Levanta su puño y golpea a Theo.

El adolescente se agacha, y lo tira al suelo. Hunter se levanta, mientras Theo se vuelve sobre su espalda. Sostiene a Hunter por el cuello.

El doctor no puede sacárselo de encima. "¿Es aquí donde te ruego que me perdones la vida?"

"Es donde debes tomar una decisión. La correcta."

Hunter hace girar a Theo en círculos. "¿Sobre qué?"

Theo aprieta su estrangulamiento. "Crees que tiene que ver con la terapia genética, y lo que hace en el cuerpo."

Hunter golpea a Theo contra la pared y lo presiona contra esta. "La regeneración celular es la clave de nuestro futuro," gruñe. "Tu contribución es un pequeño precio a pagar por el bien de la humanidad". Entonces golpea con el cuerpo a Theo - más fuerte, esta vez.

El adolescente se queja de dolor. Le muerde el hombro a Hunter.

El doctor grita, deja caer a Theo, que se escabulle hacia un lado. Se para nuevamente. "Tu enfoque está mal."

"Correcto. ¿Tus quince años en la profesión médica te enseñaron eso?"

"Sé el secreto que buscas," gruñe Theo. "Mátame, y nunca aprenderás -"

"— ahí vas siendo dramático -" interrumpe Hunter.

Theo levanta la voz: "— nunca aprendas a aplicarla." Termina, más tranquilo ahora: "Tus ratas de laboratorio, tubos de ensayo y libros científicos no contienen las respuestas."

"¿Supongo que tu sí?"

Mi Señor, la arrogancia del hombre. La paciencia de Theo se ha agotado. *Hora de acabar con las palabras, pues el imbécil no está escuchando...*

Se estira completamente. Respira profundamente. Aguanta el aire. Echa una mirada desafiante a Hunter.

Sus marcas hinchadas en la piel reducen su tamaño, luego desaparecen por completo.

Un gruñido bajo surge de la delgada boca de Hunter. Acusa a Theo. "¡Yo… te odio!"

Theo saca la pistola. Se agacha. Extiende los brazos, agarrando tensamente el arma.

Hunter ruega: ¡Hazlo! Mátame."

Clic.

El tambor se atasca, pero Hunter retrocede reactivamente.

¡BLAM!

La luz principal se desintegra.

Una reacción en cadena quema los fusibles restantes y sumerge la habitación en la oscuridad.

Un tenue brillo azul se proyecta desde las luces del congelador sobre las puertas.

Es inquietante.

Hunter se congela. Espera a que sus ojos se ajusten a la penumbra. Theo parpadea rápidamente. Una membrana tintada cae sobre sus ojos.

Hunter se mueve a tientas en la escasa luz, dando unos pocos pasos hacia adelante a la vez.

El adolescente observa los movimientos bruscos de Hunter, mientras se acerca cada vez más. Se vuelve completamente inmóvil - ni siquiera el más mínimo aliento lo delata.

Como una araña espera pacientemente a que la mosca se enriede entre en su tela pegajosa, Theo espera mientras Hunter se acerca ciegamente.

¡BLAM!

Hunter chilla.

La bala perfora la manguera de un cilindro. Un hiper-enfriado chorro de nitrógeno líquido silba y chilla mientras sale del agujero de bala que se ensancha. El cilindro roto retumba, luego cae.

Hunter se vuelve hacia el sonido. Se abre, arroja nitrógeno líquido por el suelo. El aire se llena de una espesa nube de vapor helado.

El médico grita en una agonía torturada, mientras el torrente súper enfriado se vacía.

El gas se disipa gradualmente. Hunter yace contorsionado. Sus ojos helados y llenos de pánico miran sin vida a la nada.

Theo se acerca. Se inclina sobre el muerto. "El Hombre de Hielo..." dice en un tono bajo. "Nada personal. Sólo cobrando la deuda que nos debía a mí y a mi familia. Y a Caitlin."

Se desplaza hacia el panel eléctrico cerca de la puerta principal. Enciende manualmente el aire acondicionado para restaurar los niveles de oxígeno seguros. Respira profundamente varias veces.

Se mantiene completamente quieto, una vez más. El oscuro matiz de congelación en sus extremidades, vuelve a su color normal, translúcido.

Theo inhala profundamente aire limpio. Es bueno estar vivo.

En el pasillo que está fuera de la sala de aislamiento, se cruza con más bomberos. Les informa: "Necesitarás a los paramédicos y a la policía."

Lo miran con expresiones de sobresalto, luego se precipitan hacia el laboratorio.

A la mañana siguiente, una furgoneta de transmisión en directo está en la acera, retransmitiendo una noticia destacada.

El camarógrafo se centra en la alegre reportera de pie en la acera, con Prymus Genetics justo detrás de ella. Las fuerzas del orden están en segundo plano, recogiendo pruebas.

"Buenos días a todos. Nuestra historia principal, hoy: Prymus Genetics, un centro de investigación líder en evolución genética, es el escenario de una investigación sobre presuntos asesinatos múltiples, malversación de fondos y personas desaparecidas. No es la primera vez que la famosa instalación viola la ley. Hace poco más de una década, la vieja clínica se incendió en un supuesto complot contra el aborto. Más detalles tras esta actualización meteorológica."

11

Epílogo

Trojan puede haber estado aburrido en su mente de perro cuando vivió con Rusty durante muchas lunas desde que fue adoptado como un callejero, sin embargo, era cualquier cosa menos carente de cuidado, atención, golosinas, paseos - jugar a atrapar, nadar, cavar agujeros, e impulsar la red nacional con su cola entusiasta - cuando Theo le dio una semana de diversión y actividades de perro en el Palacio de Cachorros de Kim en Sedona Occidental. Lo que era justo – al haber asumido la responsabilidad del mejor amigo del hombre una vez que Rusty y Parker estaban fuera de la escena. ¿Cuál era la alternativa -dejarlo a los coyotes, osos y lobos, como hizo con los cadáveres de esos tipos? Al menos estaban muertos, ¿sabes?

Se lo habrían comido, sabiendo que el pastor alemán se enfrentaba así a la Madre Naturaleza. Cuidado, probablemente Troj habría muerto por comer toda la comida que Theo había dejado fuera para atraer a esas criaturas para deshacerse del hombre gordo y el chico mala hierba. Porque no había tiempo para enterrarlos, pues tenía que cumplir con su cita con el destino, también conocida como Dr. Hunter.

Theo se volvió sobre su espalda en la mesa de masajes, mientras la masajista ajustaba discretamente la toalla con Mii Amo Spa grabado en ella, y permitía a la terapeuta continuar con la envoltura de mantequilla de pera. No estaba seguro de por qué sus pensamientos se habían desviado hacia su amigo de cuatro patas, pero ¿tal vez las energías del vórtice de Sedona eran en parte culpables?

Él había pedido ser cubierto con salvia primero, dando gracias verbales a San Cristóbal, sus ángeles, las Cuatro Direcciones, Elementos, Todas Mis Relaciones, así como a los Primeros Nativos Yavapai de Arizona, por recibirlo en su tierra. Concluyendo con la mención de sus seres queridos -ya sean difuntos o no - y amigos, ambos considerados iguales.

A pesar de someterse a su prueba final en la 'pecera', el adolescente estaba más nervioso una vez que se terminó la envoltura, y se quedó envuelto dentro de las mantas calientes durante - ¿media hora? ¿Medio día? ¿Toda la semana? En realidad no lo sabía; una vez que la terapeuta lo dejó solo para 'cocinarse' como ella lo puso, Theo se sintió a sí mismo en una realidad eterna. Fue a la vez aterrador e increíblemente reconfortante. Aparte de sudar como loco, es decir, mientras se asaba lentamente.

La recuperación de la semana en el Enchantment Resort, que estuvo a la altura de su nombre y reputación, fue justo lo que el médico ordenó. Ese doctor es Theo James Jessup.

Se entregó a todo menos al golf; caminó por el cañón de propiedad privada, rindió sus respetos a las ruinas; comulgaba con una mujer Katchina cuidando el propio hotel y el cañón detrás del mismo; pero evitó lugares famosos, como Bell Rock y la Catedral, por su necesidad de soledad, no de multitudes. Tal vez algún día enfrentaría y superaría eso, pero no ahora mismo.

El restaurante era maravilloso, su casita espaciosa; la piscina, siempre acogedora; y el café adjunto al Mii Amo Spa, habría enorgullecido a su madre con su uso extensivo de los productos cultivados en la propiedad. Y ni una olla de Triple-C a la vista. Se rió con la idea de pedirle al chef que lo preparara, insistiendo en que se hiciera de una manera verdaderamente gourmet. ¿El comienzo de una nueva tendencia gastronómica, tal vez? Repasado y actualizado para la nueva era. Fue una semana de curación, cuidado y equilibrio que realmente merecía, y disfrutó a fondo.

Recogió a Trojan justo después de las 9 am, le dio una buena propina a Kim, y luego partió hacia el West Trail Fork.

Esa había sido su recomendación para una exploración canina segura -y uno de los pocos parques nacionales que permitía a los perros con correa. O perros en sí.

Nuevas placas, un toque de pintura, con un poco de mantenimiento que debía haberse realizado hace tiempo, más el cambio de propiedad, significaron que el vehículo era ahora suyo.

Entraron en el estacionamiento de autos del sendero. Lo cerró; silbó para que Trojan se sentara, enganchó la correa a su collar, se colgó su mochila con aperitivos y agua en la espalda, y luego se puso en marcha hacia un terreno más alto - literalmente.

Algún tiempo después, el sendero condujo hacia arriba, ganando en elevación. Aunque Kim lo había sugerido como un beneficio para el bienestar de Trojan, Theo sintió que algo más lo estaba 'llamando' a lo largo del camino. A medida que el par se dirigía hacia arriba, la vista mejoró enormemente. Varias veces, Theo se detuvo y tomó una foto con su nuevo teléfono.

Se sentó un momento para recuperar el aliento. Tal belleza impresionante, mirando a través de las rocas rojas atemporales, sin embargo, podía decir que todavía se sentía solo por dentro. Una paradoja.

Percibiendo esto, Trojan le lamió la cara. Theo se enterró en el pelaje del perro. Sus hombros temblaron. Su compañero canino sollozó de simpatía.

Theo se alejó. Se limpió los ojos. Se paró. Siguió el camino. Le casqueó los dedos a Trojan, que cayó en la fila.

Llegaron al borde de un claro. A lo lejos había una vieja cabaña de piedra baja, en ruinas.

Viéndola, Trojan soltó un ladrido excitado, y casi tiró a Theo en su prisa por alcanzarla. Theo se esforzó por traer a Trojan de regreso. "Cálmate, Troj. Tranquilo, muchacho." Pero el perro se soltó y corrió a través de la larga hierba hasta la puerta.

Theo maldijo suavemente. Estúpido animal va a terminar cubierto por garrapatas o peor, molestar a una serpiente en su nido.

Una alta figura salió de la cabaña. Parecía extrañamente familiar. A Theo se le puso la piel de gallina en los brazos. La conciencia amaneció. Corrió a través del prado abierto.

Trojan bailó con alegría a los pies del inusual visitante. Theo aminoró la marcha mientras reconocía al extraño encapuchado con el bastón adornado, pero su mente anuló la respuesta obvia. "Sí, hijo mío. Tus ojos aturdidos no engañan; recibí tus fervientes oraciones," afirmó suavemente San Cristóbal.

Superado por la emoción contenida y la confusión, Theo se hundió en el suelo. Lloró, rió, sacudió la cabeza con asombro. Era consciente de que la magia de los vórtices de Sedona era conocida por hacer florecer energías no resueltas, pero no esperaba ser derrotado, así. *Le dispararon y fallaron, lo arruinaron y golpearon*, reflexionó.

"¿Cómo es esto posible? Pensé que estabas… pensé que… ¿cómo es que físicamente puedes manifestarte así? Espera - No estoy muerto otra vez, ¿verdad? Oh, Dios." Una fuente de lágrimas corrió por el polvoriento rostro de Theo. Moco goteó de su nariz: frotó las manos sucias sobre sus rasgos gastados, tratando de limpiarlos.

Tosió, tragó, volvió a reír. Todo a la vez. Pero todavía no podía creer lo que veía.

El gran hombre miró mientras Theo desentrañaba su dolor, y la compasión que brotaba de sus ojos.

Se acercó. Su mentor le estrechó la mano a Theo en su gran mano. Parecía levitarlo de los pies. "Como ya sabrás, los vórtices aquí montaron un show. Permiten a un ayudante como yo, viajar por tu mundo, con un sigilo notable." Le sonrió a Theo y luego lo abrazó. "Todo está bien, hijo mío."

Los insectos zumbaban, los pájaros silbaban y las cigarras se raspaban. Se separaron.

"Entonces, ¿por qué me hiciste volver aquí? ¿Y cómo esperas que ayude al mundo por mi cuenta, de todos modos?"

"Hay otros seres en este camino. Como tú, para aligerar la carga."

"¿Otros seres? ¿Quieres decir, con poderes similares a los míos, o qué?" El sabio asintió. Theo se emociona. "¿Puedo conocerlos?"

El siempre paciente hombre rumió durante algún tiempo. A continuación: "En tu apasionado nombre, supliqué a mi Señor. Que conozcas a otro, es Su acuerdo divino."

"Bueno, gracias. Así que… ¿cuándo pasará eso?"

La santa aparición sonrió misteriosamente a Theo, luego lentamente caminó detrás de un árbol, pero no apareció más allá de él. Su voz profunda resonó dentro de la cabeza de Theo: "Hijo mío, confía en que todo esté en orden como debe estar. Porque este es el tiempo para que los que luchan realmente vean."

Eso sobrevoló la cabeza de Theo. Se aferró al medallón y rogó con urgencia al santo que regresara.

Sin alegría. Abrió los ojos. La ironía de haber llegado tan lejos, por nada, le molesta. "Me gustaría que no hablara con acertijos."

Nada más que el silencio ensordecedor del Universo. Theo esperó lo que parecía una eternidad. Luego se encogió de hombros, rascó a Trojan detrás de sus orejas.

"Vamos, Troj. Vamos a comer. Mataría por una hamburguesa decente."

En uno de los muchos senderos para ciclistas de Sedona, tres adolescentes corredores navegan por un camino rocoso.

De espaldas, el menor tiene casi 13 años -un auténtico dínamo, que se deleita mucho saltando por las rocas como una cabra mareada, incluso con una capa atada al cuello.

Varios pasos por delante, su hermano en forma, que tiene 14 años, se detiene para volver a atar sus molestos cordones de los zapatos por enésima vez. Delante, una chica de 17 años, de piel clara y delgada, espera a que su hermano termine. Ella bebe de una bolsa de agua portátil en su espalda.

Justo entonces, un ciclista de montaña profesional da la vuelta a la esquina en un MTB de marca vívida y pasa en un zumbido de cadena y neumáticos.

El niño de catorce años tiene su opinión: "Quiero."

El adolescente más joven interviene: "Yo también."

Su hermana se burla de ambos: "Yo voy a volar."

Sus hermanos se ríen de este comentario. "Tramposa…" declara el niño mayor.

Ella le saca la lengua. Se burlan de ella.

De la nada, una brisa se atraviesa, agita su suave cabello rubio y su camiseta.

Ella se acomoda. Se gira hacia el sendero de adelante. Sus ojos de amatista brillan con un brillo suave. "Vamos, nobles conquistadores. El paraíso espera."

Mientras todos se alejan, los chicos gritan y lanzan gritos de victoria.

About the Author

Isaac es Actor, Director y Guionista. Nacido en el campo, ahora vive en la ciudad de Auckland, Aotearoa (Nueva Zelanda). Escribió su primera y única obra cuando apenas tenía diez años. Se realizó en la escuela.

Ha publicado cuentos cortos en antologías, escrito artículos periodísticos, y fue contratado para reescribir una serie de guiones en los géneros de comedia romántica, thriller, drama, drama de época, comedia de amigos, ciencia ficción, así como cortos y tratamientos. Comparte su nombre con un compositor en IMDb.com

Zac es una persona de la gente. Se ha ofrecido como voluntario para trabajar con Scouts, aconsejar a grupos de jóvenes, la Asociación de la Audición y la Fundación de Ciegos; y su mayor alegría es como acompañante de Camp Quality. Sus pasatiempos incluyen: ciclismo en una bicicleta llamada Herbert (alias Herbie Rides Again) comprada durante el encierro del Covid-19 (como mucha gente), películas, lectura, comida picante -tailandesa, india, japonesa, vietnamita, etc.- y criar gatos. Tal vez. También es un snob del café, y una de los millones de personas que practican el Método Wim Hof, en todo el mundo.

You can connect with me on:

🌐 https://www.imdb.com/name/nm1962845

🐦 https://twitter.com/Isaackery

Also by Isaac Lucas

Life sucks…

Socios en Grime
Si un limpiador de Kirby tuviera un romance con un aspirador Dyson, su descendencia ilegítima pasaría por el nombre 'emocionante' del WacVac 3010. Venderlo a Cualquiera Que Se Mueve, son medias, callejero, vendedor Garry y su nerd, disléxico, ingenuo socio, Dale. Son los mejores de un equipo de perdedores, que no se detendrán ante nada para ganar un concurso nacional y derrotar a su jefe corrupto y sórdido, Kane.